汪国真精选集

世纪文学经典

SHIJI WENXUE

JINGDIAN

别等

北京燕山出版社

"世纪文学60家"书系总策划

白烨、陈骏涛、倪培耕、贺绍俊、张红梅

"世纪文学60家"评选专家名单

（以姓氏笔画为序）

丁　帆　南京大学中文系教授

王中忱　清华大学中文系教授

王晓明　华东师范大学中文系教授

王富仁　汕头大学中文系教授

白　烨　中国社会科学院文学研究所研究员

孙　郁　鲁迅博物馆研究员

吴思敬　首都师范大学文学院教授

杨　义　中国社会科学院文学研究所研究员

杨匡汉　中国社会科学院文学研究所研究员

张中良　中国社会科学院文学研究所研究员

张　炯　中国社会科学院文学研究所研究员

张　健　北京师范大学文学院教授

陈子善　华东师范大学中文系教授

陈思和　复旦大学中文系教授

陈晓明　北京大学中文系教授

陈骏涛　中国社会科学院文学研究所研究员

於可训　武汉大学文学院教授

孟繁华　沈阳师范大学教授

赵　园　中国社会科学院文学研究所研究员

洪子诚　北京大学中文系教授

贺绍俊　沈阳师范大学教授

谢　冕　北京大学中文系教授

程光炜　中国人民大学中文系教授

雷　达　中国作家协会创研部研究员

黎湘萍　中国社会科学院文学研究所研究员

出版前言

　　"世纪文学60家"书系的创编与推出,旨在以名家联袂名作的方式,检阅和展示20世纪中国文学所取得的丰硕成果与长足进步,进一步促进先进文化的积累与经典作品的传播,满足新一代文学爱好者的阅读需求。

　　为使"世纪文学60家"书系的评选、出版活动,既体现文学专家的学术见识,又吸纳文学读者的有益意见,我们采取了专家评选与读者投票相结合的方式。我们依据20世纪华文作家在中国现当代文学史上的地位与影响,经过反复推敲和斟酌,确定了100位作家及其代表作作为候选名单。其后,又约请25位中国现当代文学专家组成"世纪文学60家"评选委员会,在100位候选人名单的基础上进行书面记名投票,以得票多少为顺序,产生了"世纪文学60家"的专家评选结果。为了吸纳广大读者对20世纪华文作家及作品的相关看法和阅读意向,我们与"新浪网·读书频道"全力合作,展开了为期两个月的"华文'世纪文学60家'全民网络大评选"活动。2005年12月16日,读者评选结果在"新浪网·读书频道"正式公布。为了使"世纪文学60家"的评选与编选,能够比较客观地反映专家和读者两方面的意见,经过反复协商,最终以各占50%的权重,得出了"世纪文学60家"书系入选名单。

　　"世纪文学60家"书系入选作家,均以"精选集"的方式收入其代表性的作品。在作品之外,我们还约请有关专家、学者撰写了研究性序言,编制了作家的创作要目,为读者了解作家作品、创作特点和其在文学史上的地位,提供必要的导读和更多的资讯。

"世纪文学60家"评选结果

排名	作家	专家评分	读者评分	评选结果	排名	作家	专家评分	读者评分	评选结果
1	鲁 迅	100	100	100	31	赵树理	85	55	70
2	张爱玲	100	97	98.5	32	梁实秋	67	71	69
3	沈从文	100	96	98	33	郭沫若	70	65	67.5
4	老 舍	94	94	94	33	陈忠实	67	68	67.5
4	茅 盾	100	88	94	35	张恨水	64	70	67
6	贾平凹	94	92	93	36	苏 童	58	75	66.5
7	巴 金	94	90	92	36	冰 心	51	82	66.5
7	曹 禺	100	84	92	38	穆 旦	78	52	65
9	钱锺书	80	99	89.5	39	丁 玲	78	47	62.5
10	余 华	85	92	88.5	40	顾 城	29	95	62
11	汪曾祺	100	76	88	41	舒 婷	51	69	60
12	徐志摩	85	89	87	42	张承志	67	51	59
12	莫 言	94	80	87	43	王 朔	45	72	58.5
14	王安忆	94	77	85.5	44	刘震云	58	58	58
15	金 庸	70	98	84	45	韩少功	54	57	55.5
15	周作人	94	74	84	46	阿 城	54	56	55
17	朱自清	70	93	81.5	47	张 洁	64	44	54
18	郁达夫	78	83	80.5	48	三 毛	22	85	53.5
19	戴望舒	94	66	80	49	铁 凝	51	53	52
20	史铁生	80	79	79.5	50	张 炜	60	40	50
20	北 岛	78	81	79.5	50	李劼人	78	22	50
22	孙 犁	94	62	78	52	宗 璞	64	33	48.5
22	王 蒙	78	78	78	53	郭小川	58	36	47
24	艾 青	94	60	77	53	柳 青	58	36	47
25	余光中	78	73	75.5	55	施蛰存	51	42	46.5
26	白先勇	85	64	74.5	56	张贤亮	42	49	45.5
27	萧 红	85	61	73	56	刘 恒	64	27	45.5
27	路 遥	60	86	73	56	高晓声	45	46	45.5
29	闻一多	78	67	72.5	56	李 锐	51	40	45.5
30	林语堂	54	87	70.5	60	徐 訏	45	43	44

汪国真书法作品选

汪国真绘画作品选

汪国真绘画作品选

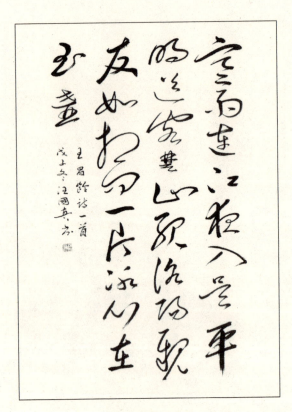

寒雨连江夜入吴
平明送客楚山孤
洛阳亲友如相问
一片冰心在玉壶

王昌龄诗一首

戊子冬 汪国真书

汪国真书法作品选

目录
CONTENTS

序一　谈汪国真的诗　张同吾 001

序二　赤诚之心 真挚之情　吴湘洲 005

诗歌编

思想者·世相 003

旗帜 003 / 问 003 / 是真将军不佩剑 004

永不改变 004 / 望云际水流 005 / 只为想问候 005

毕业 006 / 有一颗心 007 / 把自己融入自然 007

我携着色彩而来 008 / 给我一个答案 009

春日心语 010 / 思 010 / 思想者 011

向往 011 / 问远方 012

海滨夜话 012 / 感觉 013 / 期望 014

生活片段 014 / 倘若才华得不到承认 014

或许 015 / 一片向往 016 / 人不长大多好 016

诽谤 017 / 无题 017

不要总说"好吧"018 / 世相 019

不想告别 019 / 背影 020 / 回忆 021

叶子黄的时候 021 / 生命的真实 022

远点 023 / 自爱 023 / 那凋零的是花 024

那把伞 024 / 问琴什么做弦 025 / 风不能,雨也不……025

岁月，别怪我太挑剔 026 ／ 孤独 027 ／ 忍受 027

我已经长大了 028 ／ 我还是想 029

泪与旗 029 ／ 洞察 030

从前的歌谣 031 ／ 真的 031 ／ 风格 032 ／ 无题 032

世事望我却依然 032 ／ 不是 033 ／ 缅怀 033 ／ 日子 034

选择 035 ／ 但是，我更乐意 035 ／ 我把小船划向月亮 036

应该打碎的是梦 036 ／ 如果生活不够慷慨 037

留一颗心给尊严 037 ／ 这就是生活 038

不因小不忍 039 ／ 当我们不再那样年轻 039

不要那么多"学问"040 ／ 生活告诉我们 041

只比苦难多一点 041 ／ 心灵的天空 042 ／ 你就是你 042

在往事潋滟的波光上 043 ／ 高傲不是高贵 044

生命中最可宝贵的 044 ／ 死去的生 045

我干吗不快乐 046 ／ 希望是生命的天 047

汛期来了 047 ／ 渡河 048

心中的玫瑰·初恋 049

你就是我的梦 049 ／ 希望你活得潇洒 049 ／ 恨有多少 050

月明星稀的晚上 051 ／ 我不是你的风景 052

我的心你可懂得 052 ／ 那会是一个永远 053

思念是风是云是婵娟 053

一个季节的变化 054 ／ 偶感 055

握住我的手 056 ／ 最初的湖莲 056 ／ 分手以后 057

心中的玫瑰 058 ／ 无言的凝眸 058

生命之爱 059 ／ 白栅栏 059

赠我一只苍鹭 060 ／ 只要彼此爱过一次 061

远方的来信如银箔 062 ／ 是否 062 ／ 永在一起 063

走向天涯 063 ／ 默默的情怀 064 ／ 悄悄话 064

我愿 065 ／ 黄昏的小路 066

原来那是一份思念 066

沉默就是我们的语言 067 / 不要急于相见 068

我能够不流泪 068 / 淡淡的云彩悠悠地游 069

爱你,不需要理由 069 / 留言 070

爱的片段 070 / 初恋 071

虹 072 / 忘我的境界 072 / 我想 073

青春时节·去远方 074

挡不住的青春 074 / 美丽的季节 074 / 青春不承认沙漠 075

跨越自己 076 / 看海去 076 / 雨夜 077

为了明天 078 / 让生命和使命同行 079 / 想象 079

别等 080 / 我微笑着走向生活 081 / 依然存在 082

让我们把手臂挽起 082 / 青春时节 083

山高路远 084 / 热爱生命 085

春天的儿女 085 / 走,不必回头 086

一夜 087 / 一个梦 088 / 致理想 088 / 妙龄时光 089

我喜欢自然 090 / 去远方 090 / 学会等待 091

我乘着风儿远游 091

江南雨·故园 093

海的温柔 093 / 寂静的山野 093 / 故园 094 / 秋 094

三月 095 / 故乡 096 / 音乐 096

惜时如金 097 / 我喜欢传说中的蘼草 097

更把琴声抚向夕阳 098 / 夜雨敲窗 099 / 春天来了 099

蝴蝶 100 / 月光 101 / 青檀树 102 / 酒 102 / 都市风景 103

冬天 103 / 晚归 104 / 日暑 104 / 一叶秋黄 105

小城 105 / 江南雨 106 / 镜子 107

春的请柬 108 / 你 108 / 咖啡与黄昏 109 / 悼三毛 110

线条 110 / 桥 110 / 向往的境界 111 / 真想 111

欣赏 112 / 请把那月光收藏 112 / 路灯 113

望海 114 / 天柱松 114 / 春到水乡 115

南方和北方 115 / 落日山河 116 / 小鸟、大树和土地 117

知音·秋日的思念 118

不问，是理解 118 / 母亲的爱 119 / 给友人 119

感谢 120 / 思念 121 / 知音 122 / 纪念 122 / 有一种语言 123

叠不起的心绪 123 / 愿看你从容 124

我知道 125 / 倾听 125 / 我不期望回报 126

秋日的思念 127 / 能够认识你，真好 128

友情 128 / 友人 129

散文编

流行 133

毁谤 135

选择 137

执着 139

势利 140

贪婪 142

忠告 143

处世 145

偏见 146

美与风度 148

评论 150

真诚 152

个性 154

魅力 156

淡泊 158

纯洁 160

眼光 162

等待 164

理智 166

微笑 168

修养 170

才华 172

诗歌 174

磨难 176

潇洒 178

欣赏 180

秘密 182

清高 184

孤独 186

忍耐 188

谦虚 190

宁静 192

承诺 194

感情 196

逆境 198

生活 200

真实 202

嫉妒 203

忧郁 205

愤怒 207

流言 209

沉默 211

自信 213

服饰 215

虚荣 217

失恋 219

态度 221

说爱 223

贫穷 225

崇拜 227

深沉 229

浅薄 231

美与爱情 233

完美 235

宽容 237

高雅 239

教育 241

我喜欢出发 243

友情是相知 244

黄昏里的琴声 245

有那么一个日子 246

走出喧嚣 247

往事如昨 248

头上是片湛蓝的天 249

走出孤独 250

早点回家 251

买书 252

我最初的文学生涯 254

创作要目 259

序

一

谈汪国真的诗

张同吾

我与诗人汪国真二十多年前相识,他的聪敏和儒静以及写诗的勤奋和对诗的热情,都给我留下鲜明的印象。那时他的作品偶见报端,在诗界鲜为人知;未久便闻他的诗受到青年读者的喜爱,乃至多有相互传抄废寝忘食者。嗣后便有诗集《年轻的潮》和《年轻的思绪》等以最快的速度出版,销售十几、几十万册,形成一次次小小的出版和阅读的热潮。

的确,总有各种各样的"潮",瞬息风动,云聚云飞,潮涨潮落,让人目不暇接。对于我,为潮涌而波动的心态早已同青春的年华和真纯的梦幻一起融入生命的年轮,化为理性的积淀。但是我能理解,少男少女的梦是美丽的,仿佛人生的道路应该铺满鲜花,仿佛成功的殿堂应该近在咫尺,仿佛友谊就该是煦煦熏风绵绵春雨,仿佛爱情就该是花中倩影月下琴弦。然而,少男少女的梦唯其天真稚嫩便易于破灭,于是在稚气里渴望成熟,在迷惘中欲辨真伪,在痛苦中寻求抚慰,在瞬息万变中有太多的悲泪和喜泪,在已知和未知中有太多的肯定和否定,都在期盼理解。这种复杂的心态既有鲜明的青春属性,又有内在的文化属性。那时,我在一篇文章中写道:"传统的人格模式受到冲击和挑战,人的心理素质和行为方式在急剧裂变。其明显特征,是缺乏传统意识上的对外部世界的责任心与使命感,强烈地拒绝前人所积淀的人格价值观念,以实用主义对待自己,以批判态度对待社会,由于感知到自我命运的不确定性,从而嘲弄理想主义。"(《人格的重塑与实现》)人格价值逃避传统的现实状况和对未来重塑的必然要求形成了一种难以解脱的矛盾,这是自我意识强化和对外部世界责任感淡漠的矛盾,也是对世界命运、人生命运在微观上清晰与在宏观上模糊的矛盾,这种矛盾必然加剧个人心境的渺茫和心弦的震颤。

汪国真的诗可谓是应时而至了,像是清风一缕,像是流云一片,像是碧水一潭,像是醉月一弯。他说:"雨很甜/云很秀/风很香/哦,三月/三月深处/是淋湿了的故乡"(《三月》)。那么,少男少女们淋湿的梦,就在雨甜云秀风香的童话世界里妙舞翩跹了。

汪国真的诗,笔致是圆熟灵秀的,色彩是清丽淡雅的,感情是纤细温婉的,基调是在明快中含着几许淡淡的惆怅。"你也沉默/我也沉默/我们中间有一条/无名的小河/默默地流着/你也不说/我也不说/任凭思念的白云/从河面上/悄然飘过"(《前边,有一座小桥》)。他能很准确地把握初恋的心理,并且刻画得精微而美妙。他告诉人们,"善良,不是夜色里的松明/却总能把前途照亮、热血点燃/真诚,不是春光里的花朵/却总能指示希望,把憧憬编织成花篮"(《美好的情感》)。他以善良和真诚作为人生的信条,面对人生际遇;他以诚恳之情传导自己的心声:"我不去想是否能够成功/既然选择了远方/便只顾风雨兼程//我不去想能否赢得爱情/既然钟情于玫瑰/就勇敢地吐露真诚"(《热爱生命》)。当然,在漫长的人生旅途中,也会"有一缕苦涩萦绕心间/迎着你是雾一样的惆怅/背过身是云一样的思念"(《旅伴》)。正是因为浸润着温馨而柔婉的情思的诗句能够和萦绕在少男少女们心头的情绪丝丝入扣,才在他们当中产生共鸣;正是因为他以哲理式的诗句表现进取向上的心志,才能感奋许多读者的情怀;正是因为有许多"春天,是个流泪的季节/你别忘了打伞"这样迷蒙的意象,才牵引着许多情窦乍开初探人生的青年,牵引着许多粗通文墨而又情思缠绵的青年,走进一片曲径通幽的圣地,以安放自己的灵魂。

我们应该尊重每个诗人自己的美学个性和艺术风格。汪国真以纯净的感情浇灌着他的纤巧而美丽的诗艺之花,并把它们奉献给社会。他应该获得人们的理解和恰如其分的评价。他在学诗未久初试锋芒之后便得到风卷云涌般的鲜花和掌声,不能不认为这也是一种价值的实现。但是,鲜花和掌声都不是衡量诗的价值的根本标准。从诗学意义和美学原则来审视,他的诗有着明显的不足与缺憾。就诗风而言,不管是豪壮还是温婉;就构架而言,不管是恢宏还是精巧;就语言而言,不管是明朗还是含蓄,一切优秀的诗篇都应该表现出诗人对生活真理和对美的新鲜发现,都应该表现出诗人对时代精神的灵敏的捕捉和准确的把握,都应该渗透着诗人对价值观念的新鲜而准确的判断。汪国真早期的诗,也难免意象比较狭窄和轻浅:拿起镜子,则"常感叹岁月的流逝"(《镜子》);看看《小湖秋色》,只是"风来也婆娑/风去也婆娑/湖边稀垂柳/湖中鱼儿多";写钟情也写留恋,写春花也写秋月,写夜的温馨也写笑的甜蜜……太窄的个人情肠,太小的一己悲欢,太浅的感情波动,必然显得精神内涵淡薄。他写的《雨西湖》意境很美,语言也富有韵味:"西湖细雨里/一片苍茫/不见了莺飞草长/苏堤长长　白堤长长","有多少雨滴/就溅起多少幻想/西湖友人笑我/晴也寻常　雨也寻常";他的《小城》更是风情恬淡了:"小城在梦里/小城是故乡/小城的石径弯弯/小城的巷子长长","小城没有/烟囱长长的叹息/小城没有/声音汹涌的波浪"……的确,它的"旋律是潺潺的",但毫无时代特征,而颇似对一种古旧的闲士文化的重认。当前,人们的诗歌观念百态纷呈,但有一点我却可以认同:诗是意象符号系统。汪国真的作品中有些篇什,嵌入一些非意象化的格言式的句子使之意象疏散,也便冲淡了诗的意味。例如"世界是这样的美丽/让我们把生命珍惜","只要我们拥有生命/就什么都可以争取/一年又一年/为了爱我们的人/也为了我们自己"(《让我们把生命珍惜》)。所谓诗的哲理,一般是指诗化的哲学,在新鲜的意象中包容着丰富的精神内涵,包容着物质世界与精神世界的无穷奥秘,也包容着社会发展与自然发展的内在规律,能够给人以多层次的启迪。诗的创作不是生活表象信息的汇聚,也不是平白的类型化的语言的组合,而是主观与客观相融合的过程中新颖而精美的意象群的诞生,这才是阵痛中的辉煌。

汪国真的诗歌从风行一时到今日的再版再印,说明它在群众中仍有着众多读者,在诗歌这个广阔的世界里仍有着强大的生命力。在诗歌不太景气的这样一个年代,在许多诗人自费印书的这样一种情况下,这不能不说是一个奇迹,值得我们去反思。古人言:文人相轻。当今的诗人也难免相互轻视,这对诗歌的健康发展不是一个好的现象。我认为广大爱好和写作诗歌者当正视己所不足,吸收彼之所长,以此来破陈出新,推进诗歌的发展,拓宽诗歌的天地,做出有益于诗歌兴盛的贡献。

二十多年,变化翻天覆地。当年的诗者,或者中途易辙,做别一番世界的求索者;或者湮没无闻,沉入谋食者的流里;或者勤勤恳恳,创作不断,求索不绝,在诗歌这一块土地上默默耕耘。但我想,作为一个真正的诗歌爱好者,无论他做什么,总不会离诗歌太远。

其间,我听闻汪国真还兼顾书画的创作,成果亦可喜,许多名山胜地多有其书法作品之镌刻。近年来,汪国真又开始音乐的研究和创作,并对三百多首古诗词谱了曲,这也是一份对古诗文化普及的工作,也是深可表扬的。

2011 年 6 月 24 日

序二

赤诚之心 真挚之情

吴湘洲

真诚,无疑是汪国真诗给人的第一印象。真诚也是汪国真诗的生命力所在,是他的诗能在青年中引起广泛共鸣的原因。汪国真自己也说:"我之所以能够得到这么多读者的厚爱,是因他们从我的诗里感觉出我是用一颗真诚的心,在和他们进行平等的对话。没有真诚,也就没有我的诗,也就没有读者对我的喜爱。永远追求真诚,永远拥有真诚,这是我深深的心愿。"

的确,真诚是创作文学的条件。况周颐在记述词的创作时说:"'真'字是词骨。情真,景真,所作必佳。"列夫·托尔斯泰在其所著的《艺术论》中认为,决定"艺术的感染深浅"的三个条件之一,就是"艺术家的真挚程度如何","艺术家的真挚程度对艺术感染力的大小影响比什么都大"。然而,真诚的诗人多矣,有哪一个作家、哪一位诗人承认自己在那里为文造情呢?又有谁说自己不是怀着一颗真诚的心呢?那么,为什么汪国真的诗在20世纪90年代初期引起"轰动效应",在当下仍拥有大量读者呢?这是值得认真思考的问题。

一、两种诗人

要回答为什么汪国真的诗能征服如此众多的读者,还需从真诚入手。笔者认为,真诚是分层次的,看他的真诚属于哪个层次;真诚的表达是多种多样的,看他采取的是哪一种。

真诚,可分为两个层次,一个是"赤子之心",一个是"返璞归真"。赤子之心是那种来自于天然的童心，由于历世尚浅，还不知道人间有机巧、权谋、欺骗、虚伪之类的世情，以天然的、善良的、美好的心愿来看待周围的事物。而返璞归真则是一种更高层次的真诚，是经历了否定之否定之后的真诚。人们在经历了人世的虚伪狡诈、机巧权谋，饱尝了生活的艰辛、感情的磨难，经过冷静的反思，重新发现了人生的真谛，选择了一种真诚态度来生活，即求得返璞归真。

对于后一种真诚，人们历来有许多研究，早在先秦的道家哲学中就已经有了揭示。老子认为，"真"是道的一种体现，要放弃机巧，追求真诚，最好能回到赤子之心。他说："专气致柔，能如婴儿乎?""沌沌兮，如婴儿之未孩。"但老子这种真诚已经是高层次的真诚，"能婴儿"，而不"是婴儿"。庄子及后学继承了老子的学说，也极力主张"真"。他们主张抛弃人为的东西而"反其真"。

但是，人们对前一种真诚的研究却很少。

生活中的两种真诚表现在文学创作中就形成了两种类型的文学家，即王国维所说的两种诗人：

> 客观之诗人，不可不多阅世。阅世愈深，则材料愈丰富，愈变化，《水浒传》《红楼梦》之作者是也。主观之诗人，不必多阅世。阅世愈浅，则性情愈真，李后主是也。(《人间词话》)

客观之诗人，他们的诗自然奔放，真率动人，而所表现出来的真诚，并不是赤子之心，而是从生活磨难中超脱出来的真诚。而"主观之诗人"就是那种心怀赤子真情的人。李煜就是这种诗人的典型代表人物。王国维在《人间词话》中写道："词人者，不失其赤子之心者也。故生于深宫之中，长于妇人之手，是后主为人君所短处，亦即为词人所长处。"

李煜的词确实是以纯真著称的。正如王国维所分析的那样，他生于深宫之中，长于妇人之手，对人生之艰、稼穑之难一概不知，因而他的词作都是真实情感的流露。读他的词作，读者立刻可以感觉到他那纯真的性格。如《玉楼春》，上阕极写春日里在宫殿上欣赏歌舞的情景。"重按霓裳歌遍彻"，嫔娥的歌舞，表演了一遍又一遍，但他仍未看够，"醉拍阑干情未切"。从白天直到夜晚，这位皇帝兴犹未尽，命令"归时休放烛花红，待踏马蹄清夜月"，还要欣赏夜景。读这首词，我们不仅不会责怪他不理朝政，反而会为他这种纯真的性格所打动，流露出一丝善意的微笑。

二、当代的"主观之诗人"

从汪国真诗作中表现出来的对社会、对人生的态度，我们完全可以判定他是一个主观之诗人。

汪国真正是以他当年年轻的心来写他的诗的。他怀着青年人的纯真和热情来拥抱这个世界，以美好的愿望来看待生活。我们从他的诗作中能感受到他那颗纯真、未受污染和扭曲的心。他虽然说自己已不是"一首活泼天真的诗"，但心中还是"默默祈求"，"请千万保留我／最初的品质"（《镜子》）。在他的诗集中，随时都可以看到他对春天的歌颂和向往，使人感到他以纯真无瑕的目光来看待世界，以童真的心灵来对待人生。

汪国真的诗中，虽不乏生活哲理，但不能以他深刻的一面来否定他童心未泯，因为深刻和单纯并不矛盾。如同文学中有"主观之诗人"和"客观之诗人"一样，哲学家也呈现出两种不同的类型，一种像叔本华、尼采那样的"诗人哲学家"，一种像康德、黑格尔那样的"客观哲学家"。后一种哲学家广泛吸收自然科学、社会科学知识，对众多的科研成果加以分析、归纳，推导出哲学思想。这样的哲学家如同客观之诗人，必须有丰富的学识。而前一种哲学家则不然，他们全凭自己那颗心灵和现实碰撞，抒写这种碰撞的感觉，而这种感觉当中便有可能是人类最新的思想，是那种"客观哲学家"做梦都未尝梦见的。这些人并不需要丰富的阅历，只需那颗比别人敏感十倍的心。汪国真虽不是一个哲学家，但他对生活的思考就属于这一种类型。因此，汪国真的深刻与他的单纯并不矛盾。

当然，我们说汪国真有一颗赤子之心，并不能要求他像李后主那样天真。他毕竟生活在知识空前丰富的现代社会，他可能有舒适的家境，但不同于李后主生于深宫之中。而且李后主词的基调是感伤的，而汪国真的诗则是快乐的、健康的。他们可能有许多差别,但在气质上是属于同一类型的。

三、"年轻的潇洒"

汪国真在诗中,在"哲思短语"中告诉青年朋友要真诚、要忍、要宽容,希望他们恬淡地生活,这些可以用一个短语来概括,那就是"年轻的潇洒"。他对挽留不住的人说:"要走你就潇洒地走/人生本来有春也有秋/不回头 你也无须再反顾/失去了你/我也并非一无所有"(《如果》)。他表示"我微笑着走向生活/无论生活以什么方式回敬我"(《我微笑着走向生活》)。

由于诗人怀着青年人美好、惊奇的目光看待世界,以诗人的眼光来看待社会,因而他所看到的东西不免理想化了、诗化了。因而,他便敢于宣称不惧怕生活中的困难,潇洒地来对待一切。这种潇洒虽说是可贵的,但又是不现实的。他表示愿意深入生活,实际上并未深入生活。因为在现实生活中,要想做到潇洒、宽容、真诚、忍耐……中的每一点,都必须付出惊人的代价。因而在这一实践过程中,许多人恐怕要改变初衷,放弃原来所持守的东西,也没有余力去欣赏自己的潇洒了。可是话说回来,尽管不能用来指导人们的生活,但美好的品德、风度、性格终究是美好的。谁也没有要求诗人为青年朋友们规划着某种生活模式的奢望,只要他的诗能够激动人心,能够引起人们向往美好的东西已经足够了。

汪国真在"哲思短语"中还谈到了真诚。他说:"真诚不是智慧,但它时常放射出比智慧更诱人的光泽。有许多凭智慧千方百计也得不到的东西,真诚,却轻而易举地得到了。"在这里,他已经感觉到了真诚和智慧的某种背离现象,但他这种真诚仍不同于老子的返璞归真。老子是看到了智慧的局限性,经过冷静的分析比较之后,才选择了真诚。而汪国真的真诚,是自然而然的,没有经历这样一个否定之否定的过程。如果他真的是冷静地为了得到什么而选取了真诚,那么这种真诚就不那么诱人了。所以他说:"以真诚待人,并不是要别人也以真诚回报。如果动机是以自己的真诚换回别人的真诚,这本身已不够真诚。真诚是晶莹透明的,它不应含有任何

杂质,不错,真诚也是一种高尚。"我们从他的诗作中会更加清楚地感觉到他这种真诚:

> 我不想故作潇洒/只想活得真实/就像无拘无束的风/在时光里轻盈地走/既不是标榜/也没有解释//我喜欢自然/就像喜欢流逝的往日/无论花丛　还是蒺藜/过去了的/总让人染上莫名的相思(《我喜欢自然》)

四、敏感·通俗·借鉴

主观之诗人由于他们怀着一颗童心来看待世界,因而他们特别善感,一花一草、一动一静都能使他们心弦颤动。且以李清照为例,一夜"雨疏风骤",使她立即感觉到"应是绿肥红瘦",感觉到青春的被摧残。点点滴滴的梧桐细雨,使她愁苦不堪。可见词人的敏感到了何种程度。

汪国真同样敏感,在湖水里用石子"打出一串水漂"(《黄昏偶拾》),也会使他感动,一把雨伞,可以使他想到"四方漂流"(《那把伞》)。总之,一丝风、一片叶、一只鸟、一排路灯,都会使他激动不已,浮想联翩,想到社会,想到人生,想到理想和梦幻。他如果不敏感,就难以做到这一点;如果没有一颗童心,也不会这样敏感。

诗是"真性情的自然流露",多"用浅俗之语,发清新之思"(《金粟词话》)。

汪国真诗的语言也是这样,平到不能再平,浅到不能再浅,看惯别的诗的人,第一次看到他的诗不禁要问:"这竟然是诗?"但这真是诗,是真的诗。这浅近的语言使读者和作者之间的距离、隔膜化为乌有,你会感到自己的心在和诗人碰撞,而这正是诗的全部意义之所在。

汪国真的诗是他真诚的自然流露,但他对古今中外的诗人还是有所借鉴的。他在谈自己的创作经验时曾说他的诗植根于中国古代文化,因为传统的文化是土壤,只有扎根传统才能做到根深叶茂。而西方文化是养料,没有这种养料就没有创新。

那么汪国真在创作中到底得益于哪些人呢？他说他"得益于四个人：李商隐、李清照、普希金、狄金森（美国女诗人）"。但他没有提到他得益于李煜，而李煜实实在在地影响着他。且不说风格，就连语言上也经常化用他的词句。例如《如果》里的"即便终日以泪洗面/也洗不尽/心头的清愁"，就直接化用李煜的话"此中日夕，只以眼泪洗面"。

以上便是我对汪诗"真诚"的看法。

SHIJI WENKUE
JINGDIAN

诗歌编

旗　帜

旗帜
总是在山峰上飘扬
省略了多少
走向胜利的路
艰险又漫长

问

如果是哭
谁能想象大海的眼泪
如果是笑
谁能想象醇酒的陶醉
满天飘舞的雪花
有谁知她在思念谁
遍地旋转的落叶
有谁知她为谁暗徘徊

一座古亭

有谁记得曾令多少须眉憔悴
一湾绿水
有谁记得曾照过多少红颜妩媚
落日黄沙　白帆秋水
你可知谁的记忆在时空里飞

是真将军不佩剑

是真将军不佩剑
手中轻摇一把薄薄的纸扇
宫殿的明月　妃子的灿烂
河边的洞箫　舞女的蹁跹
全赖将军运筹帷幄间

是真将军不佩剑
灯里轻吟着千载的词篇
飘扬的旗帜　胜利的号角
今日的功勋　历史的尘烟
全在将军运筹帷幄间

是真将军不佩剑
留下那指挥若定的故事代代传

永不改变

开朗和阴郁都曾写在前额
昨天和明天都没有放弃执着
狂风的日子里我是卷起的浪

晴朗的日子里我是闪亮的波
不改的是奔流的本色

成功和失败都镌刻进生活
春履和秋痕都不失为景色
绿色的季节里我是烂漫的花
金色的季节里我是迎风的果
不变的是生命的蓬勃

望云际水流

没有谁能把未来猜透
不然有时怎么会
自酿一杯苦酒
我不想用虚假的微笑
掩饰心中的失意
请原谅我皱了眉头

不必用忧虑的目光望我
让我静静地走一走
望一望云际水流
尽管这不能抖尽忧愁
但我却已不再低头

只为想问候

我走在夕阳之后
牵来

满天星斗
那闪烁的音符
使沧桑变得玲珑剔透
我向那无边的璀璨
伸出了手
不是要握住
只为想问候

毕　业

我们从这里起航
走向遥远的地方
当我们走向明天
又怎能把昨日遗忘

回首昨日
那郁郁葱葱的日子
有过青涩
也有过芬芳
更有的是
相遇 相识 相知
那瑰丽的宝藏

今天,我们流泪了
可那不是忧伤
——是歌唱
今天,我们分别了

可那不是遗失
——是珍藏

有一颗心

有一颗心
很骄傲
骄傲的眼眸
素笔难描
一望是冰
二望是雪飘

有一颗心
很从容
从容的格调
霜里秋枫
初寒微红
再寒色浓

有一颗心
志未消
大地未绿我先绿
草木已凋我不凋

把自己融入自然

在漂流了很久很久以后
真想能有一个静谧的港湾

让我枕着波浪轻眠
轻眠
却不是为了收起风帆

在跋涉了很久很久以后
真想能点燃一缕炊烟
围着篝火席地而坐
哑着嗓子唱歌
把悲怆的曲调轻弹

尽管心很累 很疲倦
我却没有理由后退
或滞留在过去与未来之间

就这样 就这样
在身心俱疲的时候
把自己融入自然

我携着色彩而来

当我走来的时候
这里便多了一处风景

我不是携着蓝色
走向海洋
蓝色
已成不了海洋的风景

我不是携着绿色
走向草原
绿色
已成不了草原的风景

我不是携着红色
走向山丹丹盛开的地方
红色
已成不了山丹丹盛开的地方的风景

我携着色彩而来
来了,便是一片清新

给我一个答案

我不知道这个愿望
是否能够实现
眼前总有一层薄雾
遮住了青山的容颜
青山不老人却会老
薄雾不散任凭我望穿双眼

我不知道这个愿望
是否能够实现
未来多少远大抱负
先要靠清风成全
若是人有情风无情
谁能把心中的风筝送上天

我不知道能否翱翔在蓝天白云间
问飞鸟能否给我一个答案
我不知道能否翱翔在蓝天白云间
问飞鸟能否给我一个答案

春日心语

不是你的一切都喜欢
就像最佳的风景
也会留下一点儿遗憾

或许有一点遗憾
你更显得真实
真实的你
在梦与现实的边缘

江水奔流长又卷
夕阳映树红万片
握你的手如握晚风
凭黄昏 任驱遣

思

只一个沉默的姿态
便足以让世界着迷
不仅因为是一尊圣洁
不仅因为是一片安谧

还因为是一面昭示
还因为是一个启迪
还因为她以现代人的形象
告诉我们
——沉思是一种美丽

思想者

我信奉真实
却不信奉谶语
我崇拜真理
却不崇拜权力

你征服了我的心
也就征服了我的躯体
你占据不了我的思想
就什么也没占据

向　往

我不想看到太多装饰
心向往朴素和自然
生活不能总像舞场
你来我去的都是假面

没有真诚
何苦浪费许多表情
没有真话

何必枉费许多时间

我不想用今日之杯
盛来日的悔憾

问远方

望天上云卷霞飞
看地上小桥流水
有一件心事不知说与谁听
问远方的人何时回归

走过了春花秋月
经过了冷雨寒霜
有一件心事谁人能懂
问远方的人何时重逢

何时回归 何时重逢
共采西山枫叶红

海滨夜话

海风 推开了窗户
月光 悄悄踱进房屋
走近窗口
眺望的你啊
为什么
掬起晶莹的泪珠

是世界太小
盛不下你的辛酸
是世界太大
寻不着你的道路
潮汐不知疲倦地拍打堤岸
远方,历经沧桑的小岛
会对你说
逆境,不是痛苦
顺境,不是幸福
走向银色的沙滩
让思绪在夜色里漫舞
把心事全部抛给大海吧
要倾诉
你就热烈地倾诉

感　觉

月光找不到惬意的木犀
因为总不和谐
小溪轻快地流着
忧伤的心却听成了呜咽

冻僵的猎枪
打不着疲惫的麻雀
海洋是一张大纸
自然是无与伦比的字帖

期　望

给我你的友谊
不是在风光旖旎的时候
给我你的爱情
不是在群芳争艳的时候
给我你的温暖
不是在春回大地的时候
给我你的支援
不是在山巅欢呼的时候

给我你的真诚吧
在真诚被淹没了的时候

生活片段

泡一杯清茶
让目光像犁
深掘遥远的字迹
运笔如泼
心绪　绵延千里万里
月光溢出来的时候
心潮　溶了进去

倘若才华得不到承认

倘若才华得不到承认

与其诅咒 不如坚忍
在坚忍中积蓄力量
默默耕耘

诅咒 无济于事
只能让原来的光芒黯淡
在变得黯淡的光芒中
沦丧的更有 大树的精神

飘来的是云
飘去的也是云
既然今天
没人识得星星一颗
那么明日
何妨做 皓月一轮

或 许

或许 我们纯真的愿望
终归只能成为一个美丽的梦想
或许
走遍了万水千山
依然找不到太阳升起的地方
或许
正是前路漫漫
才使我们又是神往 又是忧伤
或许
正因为我们

并没有被许多或许羁绊
生命才会变得
勃勃茂盛
不可阻挡

一片向往

有一条道路
走过了总会想起
有一种感情
经过了就再也难以忘记

有一个高度
总是叫人难以企及
有一片向往
真是让人不能舍弃
就仿佛那
春光可饮
秋色可衣

人不长大多好

人不长大多好
就可以用铁钩
滚月亮
就可以蹲在地上
弹星星
就可以把背心一甩

逛银河

人不长大多好
哪怕有茶叶一样香的朋友
哪怕有美酒一样醇的恋人
哪怕有野草莓一样鲜红的事业
人长大了 烦恼总是比快乐多

诽 谤

诽谤是一把刀子
总想把无辜逼上绝路
躺倒的确可以苟活
失去的却是高度

想来的就来吧
眼泪不是我的归宿
打开黑色的窗户
让玻璃一样的目光
从苦难的囚禁里射出

无 题

梦中的伊甸园
没有刺
长长的叹息
总在醒来时

不愿意梦醒
却也不愿意长眠
有时,最孱弱的生存
也蕴含铁的意志

渴望生
不是因为惧怕死
黑夜的虚幻
分娩了黎明的真实

不要总说"好吧"

不要总说"好吧"
我们毕竟不是池塘里
只会单调重复的青蛙
既然有思想
那就让思想昂首
既然有意志
那就让意志挺拔
既然厌恶虚伪
那就让任何虚伪构成的建筑
全都无可挽回地崩塌
还要学会说:不
是的——不
即便在美妙的时刻
这也可以是最为出色的回答
在否定的灯标旁

那条美丽的帆船
正向着黛色的远方进发

世　相

欲望
使生活残缺
泥泞问冬天
你还有多少雪

乌鸦
在枯枝上笑了
笑那消融得
那么快的纯洁

当纯洁变得
可笑了的时候
空荡荡的大地上
刮过的岂止是北风的呜咽

不想告别

耳朵里刮过摇滚
却并不想告别古典
金属的声音划破了假面
心更留恋绿色和自然

不要对我说

在阳光下堆一个
美丽的雪人
便是堆起了一个遗憾
美即便只是瞬间
记忆却可以久远

金属的声音像裂帛
回荡着一个时代的灿烂
也有一种颜色并不矫饰
自自然然
代代相传

背　影

背影
总是很简单
简单
是一种风景

背影
总是很年轻
年轻
是一种清明

背影
总是很含蓄
含蓄
是一种魅力

背影
总是很孤零
孤零
更让人记得清

回　忆

那挂在墙上的鹿角
使我忆起了往日的森林
这狭小的空间
失去了舒适　却留住了温馨
有的形象　看过一眼
便贯穿了整个记忆
心底的怀念
像时间的雪地上
时浅时深的印痕

叶子黄的时候

别把头低
别把泪滴
天空没有力量
需要我们
自己把头颅扬起

生活不总是宽敞的大道
任你漫步

任你驰骋
每个人都有自己
泥泞的小路
弯弯曲曲

春天的时候
你别忘记冬天
叶子黄的时候
你该记起绿

生命的真实

因为现实不尽美好
心灵才有那么多白云的向往
因为生活严峻
向往才用手托起温暖的月亮

责任，并不就是
整天一副冰山般的深沉状
空洞的宣言和崇高的大话
难以同有血有肉的灵魂
发生碰撞

平凡就像泥土
并不意味着荒凉
激昂的未必是山
平缓的未必不是江
生命的真实为什么不能像水塘

懂得贮存
也不吝啬流淌

远　点

远点的地方
是一个迷人的梦幻
远点的女孩
是一枝清雅的幽兰
远点的山峰
是一腔火热的激情
远点的栅栏
是一曲凄婉的幽怨

远点远点
远点的石头是阑珊

自　爱

你没有理由沮丧
为了你是秋日　彷徨
你也没有理由骄矜
为了你是春天　把头仰
秋色不如春光美
春光也不比秋色强

那凋零的是花

你的生命正值春光
为什么 我却看到了霜叶的容颜
只因为那面美丽的镜子
打碎了
你的眷恋深深
在梦幻旁 久久盘桓

既然伸出双手
也捧不起水中的月亮
那么让昨日成为回忆
也成为纪念

人生并非只有一处
缤纷烂漫
那凋零的是花
——不是春天

那把伞

不是所有能遮住雨的
都是伞
那无语的是树
淡漠的是屋檐

有谁能伴我

四方漂流呢
为了寻找那把伞
有好些人 在风雨中
竟跋涉了 很多很多年

问琴什么做弦

每一次生活的变迁
都是由于一个难以拒绝的召唤
蓦然回首的灵感
照亮了写给未来的信笺

我们曾问过地也问过天
这个世界
是否因为你我的出现
而有了多多少少的改变

山已经很近 海依然遥远
真羡慕海不是文字却是诗篇
问笔什么做墨
——能在时间的画布上蔓延
问琴什么做弦
——能在空间的风景里飞旋

风不能，雨也不……

风不能使我惆怅
雨不能使我忧伤

风和雨
都不能使我的心
变得不晴朗

坎坷
是一双耐穿的鞋
艰险
是一枚闪亮的纪念章
我是一片叶
——筋脉是森林
我是一滴水
——魂魄是海洋

岁月，别怪我太挑剔

我静静望着季节变来变去
有时不禁拉开记忆的抽屉
总是不满意已有的那些收藏
岁月啊别怪我太挑剔

我不想向清风诉说
选择有时候是那么身不由己
我不想向皓月告白
心愿有时候也会被风暴扭曲
我不会因为海棠花的枯萎
便把生命看得毫无意义
我不奢望每一个日子都理解我
像青草理解露珠 芭蕉理解雨

我过去是怎样
走过来 还会怎样走下去

孤　独

追求需要思索
思索需要孤独
有时，凄清的身影
便是一种蓬勃
而不是干枯

两个人
也可以是痛苦
一个人
也可以是幸福
当你从寂寞中走来
道路便在你眼前展开

忍　受

并不是个个能够成为韩信
却几乎人人都学会了忍受
为了一个缥缈的希望
总是在墙壁面前低头

女人们，太能忍受
忍受得快成了地上的草
男人们，太能忍受

忍受得快成了锅里的油

太能忍受的土地
总是贫瘠
太能忍受的天空
总是简陋
学会做一根挺立的桅杆吧
怎样在风暴来临的时候
笔直地举起自己的手

我已经长大了

这是一次漫长的跋涉
请你不要搀着我
你给了我力量
我却会失去欢乐
我已经长大了
前面的山峰巍峨
请你不要拉着我
你给了我温暖
我的攀登又算什么
我已经长大了
有一天我淌出了眼泪
请你不要为我擦拭
相信江水冲不垮堤岸
我会笑得比你还出色
我已经长大了

岁月从身旁匆匆流逝
请你不要离开我
无论太阳还是星光
我都渴望
我已经长大了

我还是想

你告诉我
你喜欢寂静
因为舌头多的地方
会有冰凌
关好窗子 锁住门
刮不进雨 也吹不进风

真的,也许躲避
不失为 一种聪明
但我还是想
出去走走
不是因为
我不惧怕寒冷
而是我无法忍受
大地上 没有我的身影

泪与旗

从沼泽中寻找真理
从芬芳里捕获诗意

从玉兰飘香的树下
和野狼出没的荒野
探寻生命的全部意义

没有谁永远幸运
没有谁永远不幸
眼泪,是生命的果
歌声,是生命的旗

在无法猜测的未来里
要么,用旗裹住泪
要么,用泪洗亮旗

洞　察

什么样的嘴
都可以吐出童话
就像什么样的手
都可以举起赏心悦目的花

圣洁的修女
胸前挂着十字架
可那一横一竖的前后
也可以藏着别人的
凶残和狡诈

森林很大
不仅有溪水、松鼠和小鸟

世界很大
不仅有寺庙、佛祖和袈裟

从前的歌谣

因为不期而遇
不由感觉世界真小
人生漂泊不定
仿佛被风卷起
又吹落的羽毛

最怕人还年轻
心却已经苍老
生活的轨迹
有时像置放案头
被人描来又涂去的石膏
我最近一切都好
那么你呢
路上疲惫的时候
不妨唱起
从前那首 大地听了
也会为之一绿的歌谣

真　的

真的,别那么晦涩
如果要显示机智
还不如来点儿幽默

哪怕思想
深奥如变幻的魔方
也不要像
猜不透的火柴盒

洞穿你的玄虚太累
太累了容易使人睡着

风　格

不是因为格外美丽
不是因为异域沧桑
风格
自有一种力量

无　题

过错
是短暂的遗憾
错过
是永远的遗憾

世事望我却依然

不要问我为什么惆怅
不要问我为什么无言
你知道
有一些事情难以说清

我只想独自品味孤单

不必向我诉说春天
我的心里并没有秋寒
不必向我解释色彩
我的眼里自有一片湛蓝
我叹世事多变幻
世事望我却依然

不　是

不是所有的赞美
都是出自真诚

不是所有的敌视
都必须用敌视回敬

不是所有的失败
都是浪漫感情

不是所有的胜利
都有心灵的鲜花簇拥

缅　怀

生命总要呈现灰色
永远新鲜的是岁月的河
别悲哀 同夕阳一道消逝的

是我的身影
如果你理解大地的沉默
也就理解了我

拥有时光的时候
还不知道怎样珍惜
懂得珍惜的时候
光阴已不太多
年轻的时候 也曾渴望安逸
年老的时候 总是怀念漂泊
生活并不都是快乐
回忆却是一首永恒的歌

日　子

总是觉得日子这样简单
走过去的道路那么平凡
没有几多郁悒 可以铭记
也没有多少欣喜 值得流连
秋色萧索复萧索
春光烂漫又烂漫

即使如此 我又怎能
——忘却从前
即使如此 我又怎么能不
——向往明天
希望在不断的寻找中失去
憧憬在不断的失去中再现

选 择

你的路
已经走了很长很长
走了很长
可还是看不到风光
看不到风光
你的心很苦 很彷徨

没有风帆的船
不比死了强
没有罗盘的风帆
只能四处去流浪
如果你是鱼 不要迷恋天空
如果你是鸟 不要痴情海洋

但是，我更乐意

为什么要别人承认我
只要路没有错
名利从来是鲜花
也是枷锁

无论什么成为结局
总难免兴味索然
流动的过程中
有一种永恒的快乐

尽管,有时我也祈求
有一个让生命辉煌的时刻
但是,我更乐意
让心灵宁静而淡泊

我把小船划向月亮

请不要责怪我
有时 会离群索居
要知道
孤独也需要勇气

别以为 有一面旗帜
在前方哗啦啦地招展
后面就一定会有我的步履
我不崇拜
我不理解的东西
我把小船划向月亮
就这样划啊
把追求和独立连在一起
把生命和自由连在一起

应该打碎的是梦

世事多迷离
当秋风从远方走来
飘零便成了落叶的踪迹

秋叶或许可以
觅到一个美丽的归宿
然而秋叶总是不如
秋风的随意

应该打碎的是梦
不是真实的自己

如果生活不够慷慨

如果生活不够慷慨
我们也不必回报吝啬
何必要细细地盘算
付出和得到的必须一般多

如果能够大方
何必显得猥琐
如果能够潇洒
何必选择寂寞

获得是一种满足
给予是一种快乐

留一颗心给尊严

都市愈来愈繁华
我却不希望高楼遮住天

人心愈来愈难测
我却不希望冰霜盖住脸

脚步愈来愈急匆
我却不希望那都是为了钱

海风愈来愈强劲
我却不希望改变你我的容颜

高楼 留一片天空给大地
人心 留一份真诚给朋友
脚步 留一些从容给自然
我们 留一颗心给尊严

这就是生活

当你屹立天地
便开始经受暴风骤雨
当你出人头地
便开始承受命运打击

有多少好男儿
遭人嫉恨 被人误解
有多少好女儿
被人中伤 遭人算计

这就是生活
在鲜花盛开的地方
有时要树起樊篱
这就是生活
当果实结满枝头
总有不劳而获的人惦记

不因小不忍

风雨会使我们变得强壮
挫折会使我们变得坚强
一些成熟的思想
和宝贵的品质
来自于受伤

不要害怕嘲讽的目光
也不要害怕别人的蜚短流长
许多时候
沉默就是一种最好的抵抗
水一样存在
树一样成长
不因小不忍
偏移大方向

当我们不再那样年轻

当我们不再那样年轻
才发现我们的心原本相通

当年，缺的只是一次表白
难道说那仅仅是为了慎重

岁月不可以重来
生活也不可以再作安排
从前的失误
从此便成了心中永远的痛

人生有时竟是这样无奈
错过了的竟是最美的风景
遗失了的竟是最纯真的感情

不要那么多"学问"

不要那么多"学问"
这会妨碍心灵的靠近
多么美好 原野的自然
让人感觉清新

更甭提那蹩脚的
故作深沉
玄虚就像厚厚的脂粉
让人觉得恶心
像风的流动
像雨的滋润
真正的深刻是简洁
真正的成熟是单纯

生活告诉我们

蓝色的海洋
金色的沙滩
那是青春温馨的驿站
曾经走过的道路告诉我们
只要心仪 远方不远

生活还告诉我们
爱不是喜欢那么简单
牵手不是有爱就能如愿
就像不是所有的水都清冽甘甜
就像不是所有的树都绽放花瓣
我们不仅要学会争取
也要学会让时间的流水
洗去失意和忧伤
还世界一个青春焕发的容颜

只比苦难多一点

天空不会总是蔚蓝
道路不会总是平坦
生活中有一些不幸
我们必须面对
我的坚强并不多
只比苦难多一点

多一点 马就能穿过荒原
多一点 鹰就能掠过高山
多一点 骆驼就能找到甘泉
多一点 队伍就能跨越艰险

多一点啊 多一点
生命之花就能度过寒流
开得无比绚烂

心灵的天空

是谁拉响了凄婉的琴声
让城市的夜晚也变得迷蒙
丁香花寂寥地开了
那花儿绽放的声音
有谁能听得懂
生命总是在与命运抗争
无不是为了争取一个更好的前程
如果忧郁时能有琴声相伴
这算不算是一件绮丽的事情

刺骨是风 清凉是风
谁也不会拥有
一成不变 心灵的天空

你就是你

如果你是大河

何必在乎别人把你说成小溪

如果你是峰峦
何必在乎别人把你当成平地

如果你是春天
何必为一瓣花朵的凋零叹息

如果你是种子
何必为还没有结出果实着急

如果你就是你
那就静静微笑 沉默不语

在往事潋滟的波光上

走过花期
生命就不再是一张
没有涂抹过的纸
在往事潋滟的波光上
记忆曾经与黯淡和辉煌相识

那是一种向往
和平鸽衔着橄榄枝
真实的生活
却仿佛是一条
琳琅满目的街市

不如意的时候
不必匆忙向恨你或者
爱你的人解释
只要是波涛
潮落自有涨潮时

高傲不是高贵

高傲不是高贵
自赏不是纯粹
在晦涩和深奥的背后
可能不过是一堆
鸡零狗碎

李白爱酒
贪杯的却不一定
都是才子
而可能是落魄的酒鬼

我相信
如果真有一双翅膀
——迟早会飞

生命中最可宝贵的

外面的世界
里面的向往
都市的霓虹里闪烁着

一片喧嚣
你记忆中可还有故乡屋前
那一簇丁香
比夏日还烫的是人的欲望
你是否还能淡定自若
像雪花一样自由自在的美丽
而不失去主张

为了解脱没有钱的痛苦
有太多的人
痛苦地把自由赔上
为了解脱没有女人的痛苦
更有一些人
孤独地走进了永远的牢房

有些人到头也没弄明白
生命中最可宝贵的
并不在于这些那些
而在于顽强而自由的生长

死去的生

再精致的鸟笼
也是鸟笼
笼中鸟的生活
简直是一种死去的生
伤肝伤肺怎比得了伤心
肌疼肤疼怎比得了心疼

那样一种悠闲
仿佛是流亡的总统
看似轻松 实是沉重
没完没了的辛酸
常常是袭上心头的内容

我干吗不快乐

谁都会有
不被理解的苦恼
既然谁都会有
我又何必祈祷

谁都会有
遇到烦心事的苦闷
既然谁都会有
我又何必伤神

谁都会有
被人误解的委屈
既然谁都会有
我又何必让心哭泣

谁都会有
遇到喜事的快乐
既然谁都会有
我干吗不快乐

希望是生命的天

树梢
昭示时间
使命
指引罗盘
树木
聆听季节
星星
预告明天

爱情是青春的肩
希望是生命的天

汛期来了

理智告诫欲望
欲望沉默不言
这不是一般的选择
一边是花圈 一边是花篮

最重要的关头
没有谁能替你拍板
更甭说当你的导演
汛期来了
这是对堤坝的一次考验

渡　河

把花青和藤黄
调成生命的颜色
让三青融合胭脂
在时空里展示高贵的光泽
用憧憬和坚毅铺一条
希望之路
用才华和汗水做舟
渡过那波涛汹涌的河

你就是我的梦

你就是我的梦
可如今这梦已成泡影
想拉住你的手却不能够
流泪的心不知不觉已是烟雨迷蒙

悔当初为什么不向你倾诉衷情
恨今后怎独守那长夜孤灯
让我将如何面对这凉风暖风都是悲风
让我将如何怀想这过去未来都是伤痛

从今后这心中的天哪还有个晴
从今后这眼里的山哪还有个青
怕只怕秋来望那满地落英
怕只怕春来看那花如泪凝

希望你活得潇洒

希望你活得潇洒

不要走不出从前的篱笆
把目光朝向未来

不要总牵挂昨日的黄花
失去的不一定是最好的
是你把它想成了最美的图画

前面的路上还有许多风景
不要耽搁 快迈出生活的步伐
把目光朝向未来
不要耽搁 快迈出生活的步伐

恨有多少

分手时总要争吵
离别后又担心春花易凋
回首 已不见伊人踪影
一时只觉
风也瑟瑟 雨也潇潇

有时真恨不能
斩断情丝
可是一旦坠入情网
便不能再如往日般骄傲

不知已有多少次
欲罢还休
到这时候方知

恨有多少 爱有多少

月明星稀的晚上

请你记住
这个月明星稀的晚上
蓝色的风
把沉思的菩提树
变成了哨子
轻轻地 轻轻地
吹向飘在那泓涟漪上的
一片薄薄的月光

湖边
我用真诚的珠玑
缀成一串项链
挂在你柔美的脖颈上
你流泪了
尽管这串项链
并不会发光

我要告诉你啊
我要告诉你
你再也不会孤独
因为我想念着你
你也不要迷惘
我们既已站在一起
还惧怕什么地狱

还稀罕什么天堂

我不是你的风景

我不是你的风景
你也不是我的梦
对你来说
我是自由的空气
不羁的风
对我来说
你是真实 也是幻影

有许多事情
难以解释 也无法解释
容颜熟悉得不能再熟悉
心灵陌生得不能再陌生

我的心你可懂得

我的心你可懂得
爱上你我却不知怎样诉说
想说的愿望折磨我的心
说不出口让我的心受折磨
爱情真是一道难解的题
怕说错 更怕错过

我的心你可懂得
就像春风理解那满山花朵

我的心你可懂得

就像秋日眺望那遍野田禾

爱情真是一个难解的谜

怕错过 也怕猜错

蓝天上白云轻盈飘过

那里有我深深的寄托

夜空里繁星晶莹闪烁

那里有我心海波光折射

走近你并非因都是天涯行客

数尽缤纷心中只有一道景色

那会是一个永远

想你痛苦 不想你也难

女人的温柔

有时像绞索 有时像项链

不必给我一个诺言

只需给我一点时间

不论走近还是离开你

我的感觉告诉我

那都会是一个永远

思念是风是云是婵娟

思念的感觉真是难缠

思念的情景真是何堪

地上的水在流 可我的心已断

天上的云不散 可我的神已乱
风雨来时 我牵挂你是否平安

思念的感觉真是难缠
思念的情景真是何堪
月在窗影上走 花在石阶下残
树在星光里摇 泪在烛光中闪
风雨来时 我牵挂你是否平安

为你祝福 面对苍天
流水记得 那个身影总在桥边
夕阳记得 那个时候总是傍晚
啊 水迢迢 山重重 路漫漫
难挡思念是风是云是婵娟

一个季节的变化

你像春天的雨水飘飘洒洒
在我心中溅起涟漪水花
雨过天晴水面如镜平滑
有谁知道我心里已添了多少牵挂

你像秋天的瑟风无边无涯
将我心事漫卷如吹轻纱
风住的时候风景如画
只有枝头高傲的花朵纷纷落下

你像春天的雨水飘飘洒洒

你像秋天的瑟风无边无涯
无论你在哪一个季节走来
带来的都是一个季节的变化

偶　感

读你的信
仿佛在读一颗玻璃的心
你对我说
不是爱得不深
不是爱得不真
是爱得太遥远啊
一声喟叹
足以把道路摧断
令落英缤纷
让我怎样回答你呢
千古一道题
困扰往往来来多少人

我想 这便是一种
忧伤的浪漫吧
如果心相通
隔着千里也握手
只要志相投
一生无缘梦也真

握住我的手

了解你
是因为一个细节
你不曾留意
我却没有忘却
了解自己
是因为这一次告别
当我知道
再也难以同你联络
八月的天空
忽然下雪

我这是明白 不是感觉
握住我的手好吗
不要用你远行的跫音一声一声
敲打我心灵的台阶

最初的湖莲

了解你
是在你走了很久以后
仿佛不经意旋开了
一个不引人注目的瓶子
才发现这竟是一瓶
酿造在遥远年代的酒

无法与你痛饮
是我深深的遗憾
从此
生活常常像一个垂钓者
心思却不在渔竿

即使从今以后
再不会错过
可毕竟错过了你啊
风吹动的
总是记忆中最初的湖莲

分手以后

我想忘记你
一个人
向远方走去
或许,路上会邀上个伴
与我同行
或许,永远是落叶时节
最后那场冷雨

相识
总是那么美丽
分别
总是优雅不起
你的身影
是一只赶不走的黄雀

最想忘却的
是最深的记忆

心中的玫瑰

为了寻找你
我已经是 伤痕累累
青春的森林真大啊
你的声音 又太轻微

眼睛还燃烧着渴望
心已是很憔悴
真想停下来歇一歇
怎奈岁月如流水

星星在每一个夜晚来临
候鸟在变幻的季节回归
我却不知
该是等待你 还是寻找你
——心中的玫瑰

无言的凝眸

走过荒原 走过绿洲
却走不出眼中那一片萧瑟的寒秋

找过江水 找过河水
却找不到那一条清冽甘甜的水流

望过星星 望过太阳
却望不着那一颗升起来便属于自己的问候

哦,纵有如歌的话语漫进心头
又怎比心中的你无言的凝眸

生命之爱

我渴望走进
你的生活里去
不是为了
破译秘密
面对变幻无穷的季节
谁能奢望　一览无余

我将用整个生命爱你
却也会始终属于自己
回首我们相处的日子
你会发现
没有秋天
只有秋天留下的些许痕迹

白栅栏

一顶红红的圆帽
斜扣在头上
黑发弯弯的

闪动着柔和的波光
哼着一支歌谣
跨出冬天的门槛
啊，白栅栏

路，变得很短
夜，显得很长
竹叶剪出憔悴的身影
星星镀亮疲惫的目光
一缕玫瑰色的思绪
在夜空里飘荡

啊，白栅栏
长长的睫毛上
垂着两粒哀伤
心，被霜打了
梦也会死亡
死亡就死亡吧
任凭风在空谷里响
啊，白栅栏

赠我一只苍鹭

你画了一只鸟
我知道它的名字叫苍鹭
你却偏偏写上了它的俗称
——老等
老等

没有苍鹭好听
可是却写尽了
一种令人心颤的感情

还是赠我一只苍鹭吧
让我只联想水库和湖泊
或者鱼蛙与昆虫
苍鹭会飞
老等 让我感觉太沉重

只要彼此爱过一次

如果不曾相逢
也许 心绪永远不会沉重
如果真的失之交臂
恐怕一生也不得轻松

一个眼神
便足以让心海 掠过飓风
在贫瘠的土地上
更深地懂得风景

一次远行
便足以憔悴了一颗 羸弱的心
每望一眼秋水微澜
便恨不得 泪光盈盈

死怎能不 从容不迫

爱又怎能 无动于衷
只要彼此爱过一次
就是无憾的人生

远方的来信如银箔

远方的来信如银箔
把你的脸一瞬间装饰得苍白
纵然最有造诣的画家
也无能涂抹出这般凄惶的色彩
如果距离 便能把真正的爱情掩埋
那么世间 还有什么能被称为期待
吊兰能够美丽地垂下来
皆因为花盆在高台

是　否

是否 你已把我遗忘
不然为何 杳无音信
　　天各一方

是否 你已把我珍藏
不然为何 微笑总在装饰我的梦
　　留下绮丽的幻想

是否 我们有缘
只是源头水尾
　　难以相见

是否　我们无缘
岁月留给我的将是
　　　愁绪萦怀　寸断肝肠

永在一起

如果你是壮丽的晨曦
不必问我的浩瀚在哪里
如果你是峥嵘的峰峦
不必问我的出岫在哪里
如果你是大漠的孤烟
不必问我的笛声在哪里
如果你是长河的落日
不必问我的奔流在哪里

我不是你的影子
但和你永在一起

走向天涯

月光摇曳着白茫茫的树挂
心里也没有风沙
末班车从身旁匆匆驶过
大街小巷里从剧场流淌出来的人群
早已归家
夜好静
只有我们的心绪如浪花

我们走着很少说话
喉咙如大漠般喑哑
任凭两颗相知的心
互相扶携着走向天涯

默默的情怀

总有些这样的时候
正是为了爱
才悄悄躲开
躲开的是身影
躲不开的 却是那份
默默的情怀

月光下踯躅
睡梦里徘徊
感情上的事情
常常
说不明白

不是不想爱
不是不去爱
怕也怕
爱也是一种伤害

悄悄话

过来

告诉你一个秘密
不和云说
不和星说
只和你说

后来,那个秘密
长上了翅膀
她生气了 却不知道
泄密的不是别人
正是自己

我　愿

我愿
我是一本
你没有翻过的书
翻了
就不想放下

我愿
我是一片
你没有见过的风景
见了
就不想离开

我愿
我是一首
你没有听过的乐曲

听了
还想再听

我愿
我是一个
无比瑰丽的梦境
让你永远永远
也走不出

黄昏的小路

我们总是在黄昏
放慢了脚步
踏上了小路
小路好长好长
仿佛永远没有结尾
只有序幕

没有一条道路
我们能走得这样耐心
这样幸福
走了很远很远
小路依然如故
你我却已不是当初

原来那是一份思念

走近秋天

我可以感受到飘零
走近黄昏
我可以感受到朦胧
当我走近你
却什么也说不清

心里想着月季
眼睛却望着无形的风
当月亮升起来的时候
我才明白
原来那是一份思念
很浓很浓

沉默就是我们的语言

我们总是用心灵交谈
沉默就是我们的语言
那双眸子
表述着一切
在水为舟 在山为泉

最美丽的谈话是无声的
每一个会意的眼神
都令人感慨万千
两颗心仿佛是一样的
不一样的只是容颜

不要急于相见

不要急于相见
为天空再留一朵洁白的梦幻
洁白的梦幻
雨打芭蕉 泪湿栏杆

不要急于相见
等庭院盛开温馨的玉兰
温馨的玉兰
举杯把盏 花好月圆

不要急于相见
既然已分别了很久很久
平安便是夙愿
离愁终有尽 相思诉不完

我能够不流泪

你是一只远走高飞的鸟
留给我无限孤寂
当你走了以后
我真恨不能成为那
高高的蓝 矮矮的绿

天空低下头看得见你
大地抬起头望得见你

而我不论低头或者抬头
都寻不到你的踪迹

我的表情可以像玻璃
心却不能
我能够不流泪
却不能不忧郁

淡淡的云彩悠悠地游

爱,不要成为囚
不要为了你的惬意
便取缔了别人的自由
得不到 总是最好的
太多了 又怎得消受
少是愁多也是忧
秋天的江水汩汩地流

淡淡的雾
淡淡的雨
淡淡的云彩悠悠地游

爱你,不需要理由

爱你,不需要更多理由
只是因为暴风雪袭来的时候
你没有走
冬天的相守

便是春光的问候

跋涉中，有时路没有了
那是昭示我们
生活需要新的开始
而不表明
希望已到了尽头

留　言

我走了
是为了以一个崭新的
面貌回来
就像树木抖落了黄叶
是为了春天以更葱茏的形象
走向大地的期待

我会一切很好
心中更有一份挚爱
如果，你相信我是雪
那么，也请相信
当我飘落下来
一定和从前一样洁白

爱 的 片 段

等待
是丝丝缕缕的藤蔓

曲折蜿蜒

想念
是风吹动的露珠
婆娑泪眼

相聚
是枝头的小鸟
唧啾爱恋

分手
是掉在地上的花瓶
全是碎片

初　恋

初恋 往往没有结果
但却可能是
记忆天空中
一片最美丽的云朵

尽管那一段时光
甜蜜里常浸着忧伤
心甘情愿承受的
却是折磨

可那一段时光啊

爱得最真 没有杂质
爱得最深 深不可测

虹

你是昨日的梦境
你是今日的憧憬
你是雨后天空那一弯绚丽
你是苍穹底下那七彩飞鸿
虹 虹 虹

你在碧水湖畔
你在青山之中
你是旅途上柳暗花明的风景
你是生命里枯木逢春的笑容
虹 虹 虹

你美轮美奂的身影
我如痴如醉的心灵
虹 虹 虹

忘我的境界

爱情有时
竟是那么回肠荡气
比如
英雄一怒为红颜
比如

红颜生死为知己
最热烈的爱仿佛
蕴含着一种宁静的皈依
这种境界
是那么晶莹透明
仿佛森林中
清晨的露珠
一滴

我　想

这里舞蹈着一片荒草
这里是瘦骨嶙峋的荒凉
谁能想到
这里曾是姹紫嫣红
鲜花开遍的地方
如今这里却成了
缅怀往事的橱窗
曾经多么神采焕发你的脸庞
曾经多么美轮美奂你的霓裳
如今只能在记忆或梦幻里
找到你从前的容光
好在种子还在　花籽还在
我想　若干年后
这里定能看到一片鹤影荷塘

挡不住的青春

曾经有过那么多惆怅

想起往事 令人断肠

我不知道

我的追求在何方 道路在何方

问风问雨问大地

却没有一点回响

岁月无声地流淌

可是谁甘心总是这样惆怅

可是谁愿意总是这样迷惘

我要飞翔 哪怕没有坚硬的翅膀

我要歌唱 哪怕没有人为我鼓掌

我用生命和热血铺路

没有一个季节 能把青春阻挡

美丽的季节

这是一个美丽的季节

青春似花开遍了原野

风儿吹动着我们的思绪
思绪像飞舞的彩蝶
多少回忆和憧憬
蓝天你可像春风一样理解
多少故事和情节
飘落大地一片雪白纯洁
美丽的季节是年轻的我们
年轻的我们是美丽的季节

青春不承认沙漠

真没有想到
你也会有忧伤
也会有一片愁云
罩上你晴朗的脸庞

你恋爱了
爱情很重吗
竟压得你
没了轻盈的模样

往前走吧
青春不承认沙漠
前面一定会有
清流在路旁

跨越自己

我们可以欺瞒别人
却无法欺瞒自己
当我们走向枝繁叶茂的五月
青春就不再是一个谜

向上的路
总是坎坷又崎岖
要永远保持最初的浪漫
真是不容易

有人悲哀 有人欣喜
当我们跨越了一座高山
也就跨越了一个真实的自己

看海去

走啊
让我们看海去
为了实现那个蓝色的梦想
也为了让年轻的心
变得更加坦荡和宽广

在海边
哼一支心底的歌
有浪花轻轻伴唱

属于我们的
永远是欢乐 不是忧伤

面对波涛滚滚的大海
该遗忘的遗忘
该畅想的畅想
海岸边伫立的不是夕阳
——是我们
我们心里盛满的不是死水
——是波浪

雨　夜

雨淅淅沥沥地下
像是诉说
也像是回答
没有星星的夜晚
流水是最好的家
石子铺成的小路上
一顶草帽
就是一阕词
一把动听的吉他
不论推开门
或者关上窗子
心都没有篱笆

到这里来
到一株海棠树下

滴溜溜的雨水
洗长长的睫毛如画
女孩捡起一朵朵娟秀
不知是爱怜自己
还是惋惜那遍地落花

为了明天

我们现在所做的一切
都是为了明天
明天
并不遥远
当为了一个神圣的期待
甚至可以献出一切
我们已不需要
再发什么誓言

没有比为了明天
更激动人心的事了
就像一个太阳
能使万物都戴上绚丽的光环
尽管我们相视无语
却已了然
我们将去走的路
会像金子一样诚实
不含有任何闪着光泽的欺骗

让生命和使命同行

我们像金鸽一样
不知疲倦地飞行
在我们飞过的地方
没有留下姓名
没必要让所有的心
都懂得我们
我们飞啊 飞个不停

我们像一支响箭
一往无前地出征
我们不是风中的墙头小草
摇摆不定
我们出征
让生命和使命同行

想 象

那不是
纤细的手指
那是流淌的琴声

那不是
流淌的琴声
那是空谷的鸟鸣

那不是
空谷的鸟鸣
那是苏醒的早晨

那不是
苏醒的早晨
那是一个女孩沉思的倩影

别　等

别等
那一朵芳香的花
向你飘来
飘来了
如果已失去了风采

别等
那一簇美丽的浪
向你涌来
涌来了
如果已没有了澎湃

别等
那一缕温馨的风
向你吹来
吹来了
如果已不再透明

别等
别等
在溪水是勇敢
在青山是豪迈

我微笑着走向生活

我微笑着走向生活，
无论生活以什么方式回敬我。

报我以平坦吗？
我是一条欢乐奔流的小河。

报我以崎岖吗？
我是一座大山庄严地思索！

报我以幸福吗？
我是一只凌空飞翔的燕子。

报我以不幸吗？
我是一根劲竹经得起千击万磨！

生活里不能没有笑声，
没有笑声的世界该是多么寂寞。

什么也改变不了我对生活的热爱，
我微笑着走向火热的生活！

依然存在

风吹过
大树依然存在

浪埋过
礁石依然存在

阳光晒过
海洋依然存在

浮云遮过
光明依然存在

让我们把手臂挽起

那久违了的桉树
亲切又熟悉
那久远了的薄雾
别有一番温馨与惬意
扶着岁月的栏杆
真羡慕鸿鹄
波光上一飞千里
也感慨青山
妩媚又雄奇 万古屹立

纵然心事像桨

搅起不尽涟漪
也别疏忽了
残冬赏雪 初夏听雨
即使阴霾去而又复返
也别错待了
生命葱茏 青春绚丽
如果面对这个
风景又风霜的世界
你的力量太单薄
那就让我们把
年轻又坚强的手臂
紧紧挽在一起

青春时节

当生命走到青春时节
真不想再往前走了
我们是多么留恋
这份魅力和纯洁

可是不能啊
前面是鸥鸟的召唤
身后是涌浪般的脚步
和那不能再重复一遍的岁月

时光那么无情
青春注定要和我们诀别
时光可也有意啊

毕竟给了我们
璀璨的韶华和炽热的血液

我们对时光
该说些什么呢
是尤怨
还是感谢

山高路远

呼喊是爆发的沉默
沉默是无声的召唤
不论激越
还是宁静
我祈求
只要不是平淡

如果远方呼喊我
我就走向远方
如果大山召唤我
我就走向大山
双脚磨破
干脆再让夕阳涂抹小路
双手划烂
索性就让荆棘变成杜鹃
没有比脚更长的路
没有比人更高的山

热爱生命

我不去想是否能够成功
既然选择了远方
便只顾风雨兼程

我不去想能否赢得爱情
既然钟情于玫瑰
就勇敢地吐露真诚

我不去想身后会不会袭来寒风冷雨
既然目标是地平线
留给世界的只能是背影

我不去想未来是平坦还是泥泞
只要热爱生命
一切，都在意料中

春天的儿女

为了明媚的春光
也为了不辜负你的美丽
挺起你的胸膛吧
春天的儿女
虽然远方的燕子
还没有飞来
虽然北风的呼啸

还显得有些凄厉
但春天终会来的
谁也不能阻挡
那波涛一样的绿色旋律

啊,春天的儿女
不要再迟疑
晦暗的日子
终究会成为过去

面对冰雪的欺凌
你该坚强忍耐
你要无所畏惧
斗争是为了灿烂的憧憬
憧憬是为了无悔的追忆

向世界庄严地宣告吧
花的河流
必定要奔腾不息
帆的船队
必定要航行在晴朗的天宇
春天的儿女啊
必定要前进在春天的队伍里

走，不必回头

走
不必回头

无需叮咛海浪
要把我们的脚印
尽量保留
走
不必回头
无需嘱咐礁石
记下我们的欢乐
我们的忧愁
走
向着太阳走
让白云告诉后人吧
无论在什么地方
无论在什么时候
我们
从未停止过前进
从未放弃过追求

一　夜

夹竹桃
在窗外轻轻摇曳
影子
在墙上一次次重叠
台灯
疲惫地睁大着眼睛
墙壁
早已累得苍白如雪

一首诗
从心头　流了出来
稿纸上
浸透着青春和血

一个梦

在有自由的时候
我不能没有你
在没有自由的时候
连我也不属于自己

我的梦 是鸽子的梦
圣洁而美丽
给我辽远的天空
和一小块栖息的土地

不只是一碗水
不只是一杯米
那是一种恩赐
不是生命的逻辑

致理想

你不是神话里缥缈的梦幻
你是现实中一团燃烧的火焰
当你在茫茫夜海里闪现
便是对我的无声召唤

于是，我扬帆向你驶去
怀着无比的坚毅和勇敢

也许途中
风雨会把船帆撕碎
也许途中
恶浪会把桅杆打断
但，永远打不断的是脊骨
永远撕不碎的是信念
小船在风雨里破浪穿行
啊，我是海燕
——我是海燕

妙龄时光

不要轻易去爱
更不要轻易去恨
让自己活得轻松些
让青春多留下些潇洒的印痕

你是快乐的
因为你很单纯
你是迷人的
因为你有一颗宽容的心

让友情成为草原上的牧歌
让敌意有如过眼烟云

伸出彼此的手
握紧令人歆羡的韶华与纯真

我喜欢自然

我不想故作潇洒
只想活得真实
就像无拘无束的风
在时光里轻盈地走
既不是标榜
也没有解释

我喜欢自然
就像喜欢流逝的往日
无论花丛 还是蒺藜
过去了的
总让人染上 莫名的相思

去远方

我背起行囊默默去远方
转过头身后的城市已是一片雪茫茫
我不再想过那种单调的日子
我像是一条鱼 生活像鱼缸

我不知道远方有什么等着我
只知道它不会是地狱也不是天堂
没有人知道我是谁

自己的命运就握在自己的手掌

我不希望远方像一个梦
让我活得舒适 也活得迷惘
我希望远方像一片海
活也活得明白
死也死得悲壮

学会等待

不要因为一次失败就打不起精神
每个成功的人背后都有苦衷
你看即便像太阳那样辉煌
有时也被浮云遮住了光明

你的才华不会永远被埋没
除非你自己想把前途葬送
你要学会等待和安排自己
成功其实不需要太多酒精

要当英雄何妨先当狗熊
怕只怕对什么都无动于衷
河上没有桥还可以等到结冰
走过漫长的黑夜便是黎明

我乘着风儿远游

我乘着风儿远游

恨不得走到天涯尽头
再好的地方待得太久
也能够让人发愁

我不想在热闹中感受寂寞
我不想在欢乐里生出烦忧
我愿意走向自然
喝风成餐 饮雨如酒
噢,我乘着风儿远游
远游 远游 不回头

海的温柔

寂寞的时候 便低下了头
留一个影子在身后
欢乐的时候 便抬起了眸
送一道波光在时空里走

柔情似水 总是很静很静
很静 是海的温柔

寂静的山野

桦树林还有雪还有月
马和雪橇的影子
如舒伯特笔下滑行的音节
远方村庄的灯火明明灭灭
猎人留恋山野

山野很寂静
一条溪水的声音也能

流得很远很远
昭示季节
清冽的水面上
漂浮着一片落叶

故　园

这就是故园
蓝色的海浪
冲刷着金色的沙滩
橙色的太阳
映照着回归的白帆
雨滴敲打着绿色的棕榈
清风吹开了火红的木棉
一个穿紫色长裙的女孩
走在青石板路上
打着一把赭石色的小伞

秋

秋天常常令人伤怀
因为那里有一份生命的无奈
萧瑟更加重了这种气氛
思潮不由在落叶中徘徊

自古有多少寂寞的人伤秋
望河水漂枯叶一年又一年
自古有多少伤秋的人寂寞

看天空飞疾鸟一载复一载

我说,秋是有一种悲
可那是悲壮 不是悲哀
我说,秋是有一阵风
可那不仅有风沙 更有风采

三　月

你还没有来
思念就已经发亮
我有一个蒲公英的梦
在时光的背后隐藏

想吗
真想
春天的柳絮
纷纷扬扬
但,那不是轻狂

雨很甜
云很秀
风很香
哦,三月
三月深处
是淋湿了的故乡

故　乡

有一片繁茂的老榕树
总是让我向往
还有那海风
和海风梳理过的灯光
我的记忆
常常走不出
那条蔚蓝色的走廊
走廊里
银灰色的海鸟在飞翔
汹涌的潮水
像时代一样涌来
又像历史一样退去
涌来退去
都敲打着心灵的门窗
门窗訇然而开
里面悬挂着的是
太阳金色的肖像

音　乐

潮汐把柔长的鞭子甩响
森林梦一般歌唱
狂飙凄厉地与太阳搏斗
乌云偷袭了皎洁的月亮

平原上的风快乐地奔走
气势磅礴的瀑布
落成令人瞠目的风光
一位慈眉善目的老人
娓娓述说一个动人的故事
把一块七彩宝石
悄悄放在你我心上

惜时如金
——题一幅摄影

用心灵追赶金色的时间
用憧憬编织绚丽的花环
捧起庄严的书本
走向风
走向雨
走向大自然

思索在历史的沙滩
听大海弹奏如泣的慢板
摆动不懈的双脚
耸起巍峨的信念
让今日的宁静
掀起明天的狂涛巨澜

我喜欢传说中的蓠草

蒹葭在秋色里苍茫

大雁又飞向远方
留下我孤独地守在这里
向另一个季节眺望

我喜欢传说中的蒿草
平凡又摇曳着芬芳
那也是你吗
走入萌动时期
便期待着在黄昏里邂逅的形象

明知绿色的爱
会划出红色的伤
不会一切美丽得如古老的
画廊
可是我又怎样说服这心
不为你 喜与伤

更把琴声抚向夕阳

长风 掠过黄昏里的湖面山坡
宁静的心
不禁被吹得一波三折
自然的美
是一种所向披靡的扫荡
她根本用不着
为了征服 先遣使者

站在湖畔

看能否依稀有些
青山的风格
更把琴声抚向夕阳
一任心灵的城堡
无声地陷落

夜雨敲窗

夜雨敲窗 夜雨敲窗
今夜的雨比往日多了惆怅
身上感觉到冷
是因为心里有点儿凉
在乍暖还寒的日子里
总是渴望萱草一样的目光

向往高处
高处有连绵不绝的风光
可高处风也很大啊
很大的风里 难以握住安详

夜雨敲窗 夜雨敲窗
清愁和清爽一样悠长

春天来了

语言
遗失了风韵
最悦耳的

是天籁的声音
河流欢笑起来
绿柳垂钓着白云

杏树的枝头
挂满五颜六色的目光
每一阵风里
都有数不清的追寻

自然的女儿
已经到了出嫁的年龄

美丽的脸庞
泛起了红晕
人们步履轻盈
走向缤纷的剧场
聆听春风的手指
拨响大地的竖琴

蝴　蝶

蝴蝶是会飞的花朵
动人得使芬芳失色
尽管后来成为标本
它的身影
依然在记忆中轻盈飞过

美丽有一种力量

使人心变得脆弱
人心有一种美丽
胜过了聪睿与深刻

月　光

风
水一般清凉
田野
梦一样安详
飘散的是蓝色的雾
飘不散的是银色的池塘
噢，月光

箫声
自远方游来
蛐蛐儿
在石板上轻唱
江水随思绪流走
夜露洗净了迷惘
哦，月光

星星
是月亮挥洒的泪滴
月亮
是太阳沉重的哀伤
世界的背面是憧憬

明天的明天是希望
噢，月光

青檀树

青檀树花开的时候
是我的生日
青檀树生长的地方
也生长诗

青檀树长得很高
很朴素
浅灰色的树皮
后来成了
董其昌和张大千
笔下的宣纸
青檀树下
是北方的土地
青檀树上
是南方的风
青檀树里
有我生长的影子

酒

平展展的紫绒布上
站立着一只
晶莹的高脚酒杯

杯里装的是色酒

这酒香醇得不能喝
能喝的酒醉一天
不能喝的酒醉一生

都市风景

森林里散发着好闻的松脂味
远远望去
薄雾裹着的小木屋
宛若一首诗

淙淙的溪水
像日子一样从树梢上流走
活泼的松鼠
使林子更宁静

没有污染的地方
是心灵最好的栖息地
没有污染的心灵
是都市最美丽的风景

冬 天

冬天不是死亡
只是生命的一次退让

在雪压冰欺的泥土下面
椴树的根须仍汲取着
大地的琼浆
金钟花也没有死
它正应和着古老的节奏
积蓄着力量
当四月响起了铃铛
看吧
依然是水苍苍 山莽莽

晚　归

每一个黄昏
都是绮丽的风景
潺潺的河水
流着青山的倒影

每一个归人
都有田野的芳馨
悠悠的扁担
挑着对大地的深情

日　晷

日晷已成了遗迹
只是用来说明某些道理
历史在不断地演变
留下的是些筛了又筛的记忆

没有人烟之处
草木萋萋
车水马龙的地方
少了些自然和真实

日暮无言
有声有色的是人世间的
来来去去

一叶秋黄

不知前行
还是却步
一叶秋黄
在风中飘泊 踟躇

要割舍就割舍得彻底
要思念就思念得痛苦
为何 却偏偏
夜里结霜 晨里凝露
一条林木掩映的小径
总是 若有若无

小　城

小城在梦里
小城是故乡

小城的石径弯弯
小城的巷子长长

小城没有
烟囱长长的叹息
小城没有
声音汹涌的波浪

小城的旋律是潺潺的
小城的空气是蓝蓝的
小城是一位绣花女
小城是一个卖鱼郎

江南雨

江南也多晴日
但烙在心头的
却是 江南的
蒙蒙烟雨

江南雨 斜斜
江南雨 细细
江南雨斜
斜成檐前翩飞的燕子
江南雨细
细成荷塘浅笑的涟漪

江南雨

是阿婆河边捣的衣

江南雨

是阿妈屋前舂的米

江南雨

是水乡月上柳梢的洞箫

江南雨

是稻田夕阳晚照的竹笛

江南雨里

有一把圆圆的纸伞

江南雨外

有一个圆圆的思绪

江南雨有情

绵绵得使江南人不想

离别

江南雨有意

密密得使外乡人不愿

归去

镜　子

拿起你来

你仍然是我少年时的样子

日子,还是那么宁静

我却已不是

一首活泼天真的诗

拿起你来

常感叹岁月的流逝

那路太远
那山太高
跑也不是 走也不是

拿起你来
在心中默默祈求
岁月，无论怎样
改变我的容颜
只是 请千万保留我
最初的品质

春的请柬

既然眼睛已经长得很高
既然思绪已经染得很蓝
既然感情已经变得很暖
那就张开翅膀飞吧
飞出四季做的茧

既然嫌夏天太绿
既然嫌秋天太黄
既然嫌冬天太白
那就发一张请柬吧
——邀请春天

你

典雅如古琴

不知怎样的一颗心
才能弹
墙上的油画
已灿烂了几百年
精致得如你的背景

仿佛为雨天和落叶而生
彳亍到哪里都让人感怀
走动着是泉水
凝神是竹

咖啡与黄昏

用小匙搅拌
咖啡
是在调一种温馨
用眼睛凝视
夕阳
是在体验一种悲壮

咖啡
调好了
心
散发出清香
夕阳
被浪涛吞没了
泪
早已流成了诗行

悼三毛

撒哈拉沙漠很大很美
她一定是迷了路了
再也走不出来

她迷路的那天
并没有下雨
可是 许多人的心
都被淋湿了

从此
雨季不再来

线 条
——题一幅摄影

简单
是最成熟的美丽
单纯
是最丰富的高雅

桥

就这么日复一日地流着
不知已流了几多时光
就这么年复一年地架着

不知已承受了多少风雨

只有那两岸的窗棂
有时关 有时启
人世,已是物换星移
岁月,却没留下多少痕迹

向往的境界

晚风拂过
竹叶簌簌作响
半个爬上来的月亮
印在了地上
大自然就有这样的神奇
让不懂艺术的人
也能够欣赏

这真是令我
心驰神往的境界
像竹一样生存
像月一样宁静
像夜一样安详

真　想

真想让夜空缀满闪烁
的音符
真想让城市成为森林中

的小木屋
真想空气像海一样
湿润而蔚蓝
真想人们珍惜情感
像绿叶小心翼翼捧起花骨朵
真想这一切都是真的
而不只是用笔把憧憬写出

欣　赏

有一种旋律古色古香
有一种情调水远山长
有一种语言箫音筝骨
有一种风景过目难忘

有一种黄昏菊魂兰魄
有一种妩媚穿透时光
有一种风格剑胆琴心
有一种人生不同凡响

请把那月光收藏

黄昏不知不觉弥漫了思绪
孤独的人
请眺望那滑落的夕阳

秋雨忽轻忽重敲打着惆怅
忧伤的人

请抓住那风的翅膀

溪水无声无息流到了心上
沉思的人
请写下你隽永的辞章

云朵时隐时现飘荡着悲伤
不幸的人
请把那月光收藏

路　灯

街边，站立着一盏盏路灯
路灯的手
碰弯了一个个思绪
路灯的眼
拉直了一道道身影

在橘黄色的灯晕里
雪花，愈发闪亮
细雨，愈发迷雾

一个个孩子在高高的灯柱下长大
一个个故事
在淡淡的灯影里出生
朋友，请听我说
有灯的地方
一定会有路

有路的地方
不一定有灯

望　海

你问我为什么久久不愿离去
因为大海是我最喜欢的书籍
没有哪一本书
我能读得如此
神清气爽 心旷神怡
倾心 如不弃不离的棕榈
不能再见到你
也许 是我唯一的畏惧
有一种爱无法舍弃
就像鸟儿无法割舍自己的翎羽

天柱松

因为在石缝中生长
便长成了一种不屈的象征
便有资格
笑那雨
笑那风
笑那霜雪
笑那痴心妄想的种种

春到水乡

春到水乡
春到水乡
江南的水乡
是一幅多么生动的景象
水乡人在画里忙
写意人在画外忙

南方和北方

南方的水 温柔明丽
北方的山 豁达粗犷
两行飞转的轮子
曾载我几度南来北往

我出生在南方
心,热恋着我生长的北方
我爱北方汉子的性格
像北方秋季的天空
——天高气爽
我爱北方姑娘的容颜
像北方冬天的雪花
——皎洁漂亮

啊,我的北方
我生长在北方

心,常常思念我出生的南方
我赞美南方的土地
镶嵌着数不清的鱼米之乡
我赞美南方的山水
曾孕育了多少风流千古的
秀女和才郎
啊,我的南方

我爱北方 也爱南方
我赞美南方 也赞美北方
长江两岸的泥土和山水啊
都像母亲一样亲切、慈祥

落日山河

我站在一片秋色里
看落日山河
山峰巍巍如诗
江河滔滔如歌
更有无数英雄豪杰
用情怀和热血
把山河染成火的颜色
镀成金的光泽

百川归海
万仞齐指蓝天
何等气魄 何等规模
太阳落 山河不落

那是一个民族
脊梁挺立着 血液奔流着

小鸟、大树和土地

祖国是无垠的土地
家是土地上郁郁葱葱的大树
亲人是栖息在大树上的小鸟

我爱小鸟
怎能不爱那遮风蔽雨的大树
我爱大树怎能不爱哺育了大树的土地

小鸟 大树和土地
是风景 更是爱和生活

不问，是理解

孩子大了
便成了母亲的心事
母亲的心事
是夏天的树叶
怎么落　也落不尽

母亲也知道
不好总问
问多了
石头也会生气
于是，母亲的脸上
常有一层薄薄的霜翳

嗨，母亲
为什么
不学学沉默的父亲
问是爱
不问，是理解

母亲的爱

我们也爱母亲
却和母亲爱我们不一样
我们的爱是溪流
母亲的爱是海洋

芨芨草上的露珠
又圆又亮
那是太阳给予的光芒
四月的日子
半是烂漫
半是辉煌
那是春风走过的地方

我们的欢乐
是母亲脸上的微笑
我们的痛苦
是母亲眼里深深的忧伤
我们可以走得很远很远
却总也走不出母亲心灵的广场

给友人

不站起来
才不会倒下
更何况

我们要去浪迹天涯
跌倒是一次纪念
纪念是一朵温馨的花
寻找 管什么日月星辰
跋涉 分什么春秋冬夏
我们就这样携着手
走啊 走啊
你说,看到大海的时候
你会舒心地笑
是啊 是啊
我们的笑 能挽住云霞
可是,我不知道
当我们想笑的时候
会不会
却是 潸然泪下

感　谢

让我怎样感谢你
当我走向你的时候
我原想收获一缕春风
你却给了我整个春天

让我怎样感谢你
当我走向你的时候
我原想捧起一簇浪花
你却给了我整个海洋

让我怎样感谢你
当我走向你的时候
我原想撷取一枚红叶
你却给了我整个枫林

让我怎样感谢你
当我走向你的时候
我原想亲吻一朵雪花
你却给了我银色的世界

思　念

我叮咛你的
你说
不会遗忘
你告诉我的
我也
全都珍藏
对于我们来说
记忆是飘不落的日子
——永远不会发黄
相聚的时候 总是很短
期待的时间 总是很长
岁月的溪水边
捡拾起多少闪亮的诗行
如果你要想念我
就望一望天上那
闪烁的繁星

有我寻觅你的
目——光

知　音

在淡淡的音乐中
我们相对而坐
任凭感觉像杯子里的柠檬
举起又滑落
如果话题老是重复
那还不如沉默
我们没有　永远没有
有的只是语言
总是在不知不觉中
走进朦胧　融入夜色

纪　念

命运可以走出冬天
记忆又怎能忘却严寒
春天,是个流泪的季节
你别忘了打伞

当你走向萧索
我知道
你不是喜欢孤单
当你泪花闪烁
我知道

你不是悲哀 而是喜欢
沧桑抹去了青春的容颜
却刻下纵横交错的山川

有一种语言

有一种语言
只有你我能懂
在最平凡的字眼里
隐藏着最惊心动魄的感情

这种感情又是那么圣洁
胜过了教堂的钟声
让这种默契默默成长吧
雪一样白 草一样青

叠不起的心绪

一片葱茏的叶子
飘落在无尘的傍晚
那是远方你的寄语
和着青春的气息

我在灯下读你
如读一行过目难忘的诗句
白杨树叶哗哗摇动窗帘
夹竹桃的芳香洒满大地

唉,这一晚
整个儿都是你
叠起又展开的是你的字迹
展开却叠不起的是我的心绪

愿看你从容

有一些不肯飘落的故事
总成提醒
只好把它深埋在大地之中
我们不能老是这样为往事感伤
甚至恨不能去守望
古刹那苍茫的钟声

古老的河流
赋予我们的除了生命
还有一道长长的纤绳
更别忘了北方亲切的白杨林
和江南含笑的烂漫花丛

别站那么远 那么孤零零
我欣赏你的独立
却不包含你的表情
真的,你
很聪睿很飘逸很迷人很生动
如果你能在风中在雨中
在冰雪中
从从容容

我知道

欢乐是人生的驿站
痛苦是生命的航程
我知道
当你心绪沉重的时候
最好的礼物
是送你一片宁静的天空

你会迷惘
也会清醒
当夜幕低落的时候
你会感受到
有一双温暖的眼睛

我知道
当你拭干面颊上的泪水
你会粲然一笑
那时,我会轻轻对你说
走吧 你看
槐花正香 月色正明

倾　听

其实,真是没有必要
为了你心中的夙愿忧伤
模特的猫步

可以踏平舞台
却踏不平起伏的海洋
生活不仅只是橱窗

有一种心声
就会有许多传递的渴望
在心灵的沃土里
渴望像种子一样顽强

我在倾听你的诉说
你也听到我的声音了吗
太阳,也会沉睡
却不会失去光芒

我不期望回报

给予你了
我便不期望回报
如果付出
就是为了 有一天索取
那么,我将变得多么渺小

如果,你是湖水
我乐意是堤岸环绕
如果,你是山岭
我乐意是装点你姿容的青草

人,不一定能使自己伟大

但一定可以
使自己崇高

秋日的思念

你的身影离我很远很远
声音却常响在耳畔
每一个白天和夜晚
我的心头
都生长着一片常绿的思念

如果我邻近大海
会为你捧回一簇美丽的珊瑚
让它装点你洁净的小屋
如果我傍着高山
会为你采来一束盛开的杜鹃
让春天在你书案前展露笑靥

既然这里是北方
既然现在是秋天
那么,我就为你采撷下红叶片片
我已暮年的老师啊
这火红火红的枫叶
不正是你的品格
你的情操 你的容颜

能够认识你，真好

不知多少次
暗中祷告
只为了心中的梦
不再缥缈

有一天
我们真的相遇了
万千欣喜
竟什么也说不出
只用微笑说了一句
能够认识你，真好

友情

有了友情
就少了许多烦忧
阴郁的叶子
便不会落在土里
而会浮在水面上
向远方漂流

友情是溪是河
是一种清新的空气
在身前背后
我是这样

难以离开友情
就像面对葱茏的风景
怎么能不 驻足停留

友人

月亮笑成香蕉
柠檬在玻璃杯里漂
来自友人的信笺
仿佛橄榄
让我慢慢咀嚼

那是一份真挚的友谊
美丽纯洁如冰雕
天冷的时候
才看得见形状
天热的时候
如此瑰丽的造型
找也找不到

散文编

流　行

　　一度流行的东西,可能是时代的产物,在经过了相当长的时间(不是三五年),曾经流行的东西再度流行,则必然是价值的产物了。某种服饰、作品、语言,一般都只是在青少年中流行,这说明青少年对新鲜的事物抱有一种天然的敏感和喜好。

　　唐代诗人崔护在《题都城南庄》诗中写道:"去年今日此门中,人面桃花相映红。人面不知何处去,桃花依旧笑春风。"流行的事物中有些将很快被时间淘汰,有些则有永久存在的价值,是可以"桃花依旧笑春风"的。

　　一般来说,凡是流行的东西都具有鲜明的个性,没有鲜明个性的东西则难以流行。独特产生魅力,流行因为独特。

　　以不屑的态度拒绝流行,并不能表明拒绝者的高超。很多时候是因为拒绝者没有使自己的东西流行得高超,于是只有以拒绝流行来表明自己的"高超"了。

　　流行的事物不是生活中必不可少的事物,却多是富有时代气息的事物。很多人不愿被人视为孤陋寡闻的落伍者,因此,一种东西开始流行,很快便有更多的人为其推波助澜。

作品的流行与否同作品的品位高低没有必然的联系。流行的作品未必就是俗的、品位低的；不流行的作品未必就是雅的、品位高的。反之亦然。法国作家拉伯雷的小说《巨人传》出版后，立即被抢购一空，"两个月销去的册数比《圣经》九年卖的还多"，但其并不俗，品位也不低。而不流行的作品中平庸浮华之作不是比比皆是吗？

流行既可以是因为对公众的迎合，也可以是因为对公众的引导。迎合性的东西其生命力一般是短暂的，引导性的东西其生命力一般较久远。所谓引导是把握了未来的一种趋势，所谓迎合则是抓住了公众一个时期内的情绪。

毁　谤

古人说："事修而谤兴,德高而毁来。"由此可知,生活中遭人毁谤的人常是些事业有成威信颇高的人。

只要对你的毁谤还没有严重到触犯法律的程度,遭人毁谤便不必太过认真,也不必非要与毁谤者理论清楚。既然毁谤是小人所为,同小人怎能够理论得清楚呢? 争取更大的成功,成就更大的事业,这不但是对毁谤最有力的回答,也是最高明的回答。不要因为一时的不忿而影响了长远的追求。"小不忍则乱大谋",是为至理。

对于毁谤可以有两种态度:一是辩白,二是不理。更多的事实证明,使毁谤销声匿迹,最为明智的选择不是辩白,而是不理。误会是可以解释的,毁谤却难以解释。何况若有人存心毁谤,解释了旧的谤言又有新的谤言产生。从长远的观点来看,没有什么人是能够靠毁谤建功立业的,也没有什么人的清白是毁谤玷污得了的。

不断加强自身修养,不但有助于更明智地面对毁谤,也有助于减少别人的毁谤。

春秋时楚庄王的令尹(宰相)孙叔敖曾经先后三次为楚相,都做到了"任而无以攻,去而无所毁"。有人问他这是什么缘故,他回答道:"吾三相楚而身愈卑,每益禄而施愈博,位滋尊而礼愈恭,是以不得罪于楚之士民也。"孙叔敖的故事是令人深思的。

不干事的讥讽干事的,平庸的毁谤出色的,这是我们这个社会存在的一种相当普遍的现象,在各个领域引进或加强竞争机制,将会有效地逐步改变这一现象。

船在海上航行,我们知道,船上的救生衣、救生圈,一般都是橘黄色,因为橘黄色是海中凶猛的鲨鱼畏惧的颜色,良好的修养也可说是一层生命的保护色。

人生在世,遭人毁谤的情形在所难免,如此,在走向事业成功的漫长道路中,别人的嘲讽和毁谤正可为孤独的跋涉增添几分色彩,成为纪念。

毁誉由人,还是赶路要紧。

选 择

时间有限，精力有限，金钱有限。因此，我们必须学会选择。选择最佳，也就是选择一种高质量的生存方式。

不必顾忌自己的选择是否太从众，也不必担心自己的选择是否太不合群，只要它有益又适合于自己，就是好的选择。

在事业上，一个人一生可以有多次选择。例如法国思想家卢梭，他在不到三十岁时发明了流传至今的简谱，这一发明对全世界的音乐作出了重大贡献。后来，他又写出了思想性和艺术性都很强的论文《论艺术与科学》。在他的晚年则写出了在文学史上占有重要地位的《忏悔录》。

事业上的多次或多重选择没有错，我们应避免的只是好高骛远，对什么都浅尝辄止。

许多时候，遇到问题不要急急忙忙就加以处理。不妨冷静地多设想几种解决方案，然后选择最佳者。如果不是这样，常常是旧问题没有解决又派生出许多新问题，而使自己陷入穷于应付的被动局面。

对人生来说，于眼前无益而于长远发展有益，仍是可选择的；于眼前有益但于长远发展无益，是不可选择的。所谓目光短浅，就是只顾眼前利益。

走向同一个目标,先到达者不一定是走得最快者,而可能是选择了最佳途径者。如果你既是最有实力者又是最有智慧者,你便可以遥遥领先。

人生总是面临不断的选择,正确的选择不但需要智慧也需要经验。走出书斋,走向生活,会使我们的智慧得到检验,会使我们的经验得到丰富,会使我们在未来的生活中更会选择。

选择什么样的朋友,你就有可能成为什么样的人;你是什么样的人,就会有什么样的前途。因此,选择朋友一定要慎重,这往往不仅关系一时,而且关系一生。

执 着

只有在选择的大方向正确的前提下,执着的努力才有意义;否则,执着便成了一种愚。

一般来说,不论做什么事情,在经过了比较长的一个时期的努力之后,就应该有所收获了。如果不是这样,恐怕就不是不执着的问题,而是自己是否适宜做这件事情的问题。执着于一件根本不适合自己做的事情是不会有什么结果的。明代医药学家李时珍花二十七年时间完成了巨著《本草纲目》,有些人花同样的时间却写不出一篇精彩的文章。

成功者常常都是些什么人呢?他们既是聪明的,又是执着的。不成功者往往都是些什么样的人呢?有的是因为不够聪明,有的是因为不够执着,有的则是既不聪明也不执着。

人的潜能仿佛是一座还没有挖掘的庞贝古城,需要执着地挖掘才能使之放射出光彩。

在做一件事情的时候,可以适当地为要做的第二件事情做些准备,并对第三件要做什么事情有所考虑。执着和远见结合起来,便容易无往而不利。

在人心浮躁的时候,执着和宁静会更容易导致成功;当人心宁静甚至保守的时候,振聋发聩会更容易导致成功。机会常在人们忽略处。

势　利

对一个人能表现出势利的人,就能对所有的人都表现出势利。当然,也会对你表现出势利。这样,判断一个人,不必看他对待你怎样,只要看他如何对待别人就很清楚了。

一个势利小人,总难免有肠子都悔青了的时候:"哎呀,早知道他能有今天,当初,我为什么……"

不论是谁,你都不要指望和一个势利小人能成为像大卫和约拿单那样荣辱与共的朋友。

在一个势利的人的字典里,是找不到"荣辱与共"这个词的。

一个非常势利的人,很难不趋炎附势;一个趋炎附势的人,很难不丧失良知;一个丧失良知的人,则是什么事情都干得出来的。

只有喜欢恭维的人,才会对势利的人感兴趣。一个人一旦被势利的人所包围,很容易变得庸俗和糊涂。

一个势利的人有如下特点:就人格而言他是卑下的;就目光而言他是短浅的;就感情而言他是虚假的。

《红楼梦》中贾雨村胡乱了结冯渊一案表明:一个人一旦心存势

利,便很难再秉公办事而不徇私枉法。

这一点古今皆然。

对于一个势利的人来说,是没有真正的幸福可言的。因为生活中他不得不绞尽脑汁,辨别风向,察言观色。一个人活到这个份儿上,还有什么真正的幸福可言呢?

一个势利的人,总在有意或无意地伤害别人的自尊和感情。一个总是有意或无意伤害别人自尊和感情的人,很难不在将来受到生活的惩罚。

因此,做一个不势利的人,对人对己都会是有益的。

贪　婪

想要的东西太多，又没有能力用正当的途径获得，于是便铤而走险，结果连原本属于自己的那份也丧失。贪婪使人变得愚蠢。

贪婪的人大都经不起诱惑，而经不起诱惑是要付出代价的。

心本贪婪，又要装成正人君子，就只好拿生活当舞台，自己当演员了。不过，时间长了，难免穿帮。这种情形，唐代李肇的小说《崔昭行贿事》中，有非常传神的描写。

贪婪可以导致合作，也可以导致残害。前者是在攫取财物的时候，后者是在分赃的时候。

一般来说，贪婪在为民是个人问题，在为官则是风气问题。所谓上行下效，历来如此。

欲望是没有止境的，无止境的欲望甚至能招来杀身之祸。曾为希特勒立下汗马功劳的罗姆和他的冲锋队之所以在 1934 年被希特勒清洗，重要原因之一就是罗姆那不断膨胀的权力欲。三国时，诸葛亮留下计策杀掉魏延，也有类似的原因。

人若不贪，所受的困苦只是暂时性质；人若贪婪，所受的煎熬则具有永久的性质。

俗话说，知足者常乐，而贪婪者则很少有真正快乐的时候。

忠　告

有时，一条有真知灼见的忠告，会对一个人的未来产生极为重要的有利影响，不要因为忠告不是看得见的物质，便看轻了它的价值。

不同的人提出的忠告可以互相矛盾，因此，对于忠告必须分析和判断。不过，凡属忠告，不一定照着去做，听听却是没有什么坏处的。

能够向上级提出有见识的忠告者，是应该得到褒奖的，因为忠告多是需要胆识的，而自古以来，提出忠告的人往往结局都不好——轻者意见不被采纳，人遭冷落，重者则被贬官甚至杀头。安禄山叛唐时，名士肖颖士曾向河南采访使郭纳提出守城方略，结果不被采纳；白居易因宰相武元衡被暗杀事，向朝廷上书，结果被贬为江州司马；春秋时，吴国名将伍子胥因多次向吴王夫差直谏，结果却被赐剑自杀。这类的事情，大抵每个朝代都有，可见提出忠告是要担风险的，非忧国忧民之士难以为之。

擅长哗众取宠、投机取巧的人也可能会提出有益的建议，对此，意见可以被采纳，人却不能因而得到重视。

人在后悔的时候，才能深刻地体会到忠告的价值。从后悔中认识了忠告，这也算得上醒悟了。

忠告对谁来说都不是多余的,对于聪明人更不是多余的。聪明人有时更易铸成大错,因为他太相信自己的聪明了。

唐代诗人李商隐《隋宫》诗中云:"地下若逢陈后主,岂宜重问《后庭花》。"其实,忠告不一定非要人都提出来,前车之鉴,便是最好的忠告。

处世

处世的重要性，一点不亚于才干的重要性。有才干而不善处世，能令英雄无用武之地。

大抵心地坦诚、办事周到的人都会有一个良好的人际关系，而为人虚假、办事圆滑的人也会有一个不算坏的人际关系。从表面上看，两者没有什么不同，不同的地方在人心里。

把好奇心放到打探别人的隐私上，对自己并无好处，一则易招致别人反感，二则降低了自己。

尽量不要向别人借钱，除非你已有完全的把握在说好的期限内还给人家；也不要太热心借钱给别人，除非你已有了人家不还也无所谓的心理准备。

生活中的误解时常难免，没有必要事事斤斤计较。这一点，不妨学南朝齐人沈麟士，此人品学都很为当时的人称道。一次，沈的邻居丢了鞋子，看到沈穿的鞋子与自己丢的一样，便向他索要，后来邻居的鞋子找到了，难为情地将沈的鞋子送还，沈说："非卿履耶？"笑着把鞋子接了过来，没有丝毫不快。

事后追悔的时间要大大多于事前考虑的时间，这是生活中常见的情形。减少这种情形的方法也简单，与其长时间追悔，不如事前多花点时间调查和思考。

偏　见

自私或自负的人都容易产生偏见。换句话说，经常抱有偏见的人，常常都是些要么自私要么自负的人。

自以为比一般人都聪明，其实连一般人的认识都不及，这是经常抱着偏见的人所处的位置。

抱有偏见的人，经常都是非常固执的。偏见使其固执，固执又加深了偏见。因此，倘若别人对你抱有偏见，最好不要多加解释。最好的解释是时间和行动。

世人中常有为别人对自己的偏见感到压抑和愤懑的，此时不妨学学唐代的刘禹锡。刘禹锡曾被贬谪长达二十三年之久，但他还是能够比较振作和豁达。"沉舟侧畔千帆过，病树前头万木春""种桃道士归何处，前度刘郎今又来"等诗句，便真实地表现了他的胸襟和乐观。

一个普通的人对事物怀有偏见，还没有什么要紧。倘若一个握有重权的人对事物有深的偏见就比较麻烦了。权力加偏见，严重的足可以为害一时或一方。

明代人萧良有编撰的《龙文鞭影》一书中曾讲了这样一件事：秦

始皇死后,赵高、李斯矫诏杀了太子扶苏,立小儿胡亥为秦二世。胡亥在位时,横征暴敛较之乃父更甚,引发了陈胜、吴广领导的农民起义,秦遂灭。当初,秦始皇因卢生奏录图书,说过"亡秦者,胡也",以为"胡"是胡人,于是派大将蒙恬率兵三十万,修筑长城,自甘肃临洮至辽宁辽东,绵延达万里,以镇匈奴。却没料到此"胡"原来是指胡亥。大概,这也算得上是一种偏见吧。

美与风度

不论是美,还是风度,都离不开自然。

如果不自然,男人欲表现潇洒,便成了做作;女人欲显示妩媚,便成了媚俗。

极度的美,让我们惊羡;极度的优雅,让我们心折。

美,首先征服人的感官,然后才是人心;优雅,首先征服人心,然后才是人的感官。

征服了人的感官者,还不一定能够征服人;征服了人心者,必定能够征服人的感官。

优雅的风度,有赖于丰富的内心,这也就是为什么那些受过良好教育的人,往往风度高雅。

美可以哭,梨花一枝春带雨;风度却只能笑,谈笑间,樯橹灰飞烟灭。

美流了泪,还是美;风度一旦呜咽了,便不成其为风度了。

容貌美丽的人,常常是些很幸运的人;风度高雅的人,往往是些很出色的人。

美是一种浅层次的优雅,优雅是一种深刻的美。

美让我们流连忘返,风度让我们若有所思;我们从美中得到的是愉悦,我们从风度中得到的是启迪。

女人回眸一笑,可以是一种生动的美;男人间亲昵地当胸一拳,可以体现一种强悍的风度。不过必须记住,任何能增强自身美或风度效果的动作,都不宜过多重复。否则,不但不再是一种美或者风度,反而是一种毛病了。

美是一朵鲜艳的花,风度是一棵常青的树;时间是美的敌人,却是风度的朋友。

一个容貌美好的女孩子,她可能俗气而且愚昧;一个风度飘逸的女孩子,她必定和谐而且聪慧。

美,或者风度,都不是随随便便可以模仿的,说明这一点的最好例子,就是那个东施效颦的故事。

评　论

评论最重要的是公正。

如果不公正，要么是诋毁，要么是吹捧。

最权威的评论，不是来自专家，而是出于大众。专家很容易因个人的好恶而产生偏见，大众可以较少这种偏见。

刘勰《文心雕龙·知音》中曾说："操千曲而知音，观千剑而识器。"由此可见，成为一个真正的能"知音"、能"识器"、有真知灼见的评论家，实在不是件简单的事。

在生活中，无论何种评论，最基本的出发点都应是善良。否则，不怀善意的评论，很容易成为攻击和诽谤。

关于评论，一般来说，旁观者比当事者公正，大众比权威公正，历史比现实公正。

对于评论家来说，比反应迟缓还糟糕的是偏见。

评论家首先应该具有的是真诚和良知，而不是匆匆忙忙建立自己的理论体系。一个急功近利的评论家，非常容易远离真诚与良知。

一个投评论家所好的作家，是一个蹩脚的作家；一个为别人的品评而活的人，是一个活得很累的人。

砸评论家饭碗的是作家,砸作家饭碗的是读者。

评论的重要在于正确的引导和由表及里的阐述与分析。一篇好的评论的意义,并不亚于作品本身。

把自己也没弄懂的晦涩的作品,装腔作势地加以评论,然后塞给读者,这不但是一种可悲,更是一种堕落。

真　诚

真诚不是智慧，但是它常常放射出比智慧更诱人的光泽。有许多凭智慧千方百计也得不到的东西，真诚，却轻而易举就得到了。

以真诚待人，并不是为了要别人也以真诚回报。如果动机是以自己的真诚换回别人的真诚，这本身已不够真诚。真诚是晶莹透明的，它不应该含有任何杂质。不错，真诚也是一种高尚。

真诚的反面是虚伪。

真诚，有时会使你的利益受到损害，即便如此，你的心灵深处也会是宁静的；虚伪，有时会使你占到便宜，即便如此，你的心灵深处也会是不安的。

真诚不与人言。

如果别人理解你那份真诚，你不说别人也知道；如果别人不理解你那份真诚，表白往往会把事情弄得更糟。

有时，我们受到了别人的欺骗，这是生活在告诉我们：什么是不真诚；并不是在告诉我们：应该放弃真诚。

首先是不去骗人，其次是不受人骗，把握住这两点，我们大致就可以堂堂正正地做人了。

永恒的真诚，换回的只会是短暂的虚伪；永恒的虚伪，换回的只会是短暂的真诚。

　　成为一个真诚的人,你会感到身心都很轻松;而一个虚伪者,他常常会感到精神的疲惫。

　　轻松下去,你会不断地被一种愉悦的氛围所包裹;疲惫下去,你将被不断袭来的沮丧情绪所笼罩。

　　真诚犹如一潭幽雅的湖水:宁静、淡泊、美丽。它有时也会遭到泥块和沙石的袭击,但是,它凭借着自身的净化作用,很快会使污秽沉淀,仍旧不改自己光彩的容颜。

个　性

一个人没有个性，便失去了自己。生活中一味地模仿之所以不可为，原因之一就在于它抹杀了个性。

同为名山：华山险，泰山雄，黄山奇，峨眉秀。"险""雄""奇""秀"，就是不同的个性。

山如此，人亦然。

生活之中，适当地改变自己的个性不是为了赶"时髦"，而是为了自我的完善，恰恰在这一点上，有一些人常常本末倒置。

钱锺书先生一生淡泊名利是一种美德，而雨果先生生平的一大愿望是要把巴黎改为自己的名字也并非缺德。

画家的个性挥洒在作品的线条里，诗人的个性倾注在作品的感情里，音乐家的个性融汇在作品的旋律里。

不过，有为大多数人欣赏的个性，却没有为所有人欣赏的个性。

保持自身的个性和尊重别人的个性同样重要。

不能保持自身的个性是一种"懦弱"，不能尊重别人的个性是一种"霸道"。

一般来说，一个人的个性可能不合于"潮流"，却合于生活。为了追赶"潮流"而改变自己的个性，那不过是做了一篇虚情假意的

"文章"。

"潮流"总是不断地改变,你的"文章"难道也要不断地重写?

没有个性,不是一个好的艺术家;仅有个性,也不是一个好的艺术家。

狭隘的人总是想扼杀别人的个性;软弱的人随意改变自己的个性;坚强的人自然坦露真实的个性。

魅　力

独特是魅力的佳境。

如果完全跟随流行,也就等于混同于一般。这样,还有多少魅力可言呢?

个性,是具有成熟的魅力的一种标志。

英格丽·褒曼、奥黛丽·赫本、玛丽莲·梦露、吉娜·劳洛勃丽吉达、费雯丽、杰奎琳·安德列、索菲亚·罗兰等都是非常富有魅力的女人,而她们的个性却截然不同。

一般而言:名著大都能成为畅销书,而畅销书却并不一定能成为名著。两者之间一个显著的区别是,名著具有永久的魅力,而畅销书只具有短暂的魅力。

如果你是一个非常富有魅力的人,别人对你魅力的贬低,更证明了你魅力的巨大,以致使有些小心眼的人,不贬损你一番就难以获得心灵上的平衡。所以,大可不必为这些贬损你的话语而愤愤不平。

一个太富有魅力的人,他的生活失去了宁静;一个太没有魅力的人,他的生活会过于冷清。

失去宁静者,劳心;过于冷清者,伤神。

男人的魅力在于勇敢,女人的魅力在于含蓄。

距离产生魅力。

有许多事物的魅力,是在我们愈走愈近或愈走愈远的过程中逐渐变大或逐渐变小的。

魅力常在得到与失去之间,希望与绝望之间,稚嫩与成熟之间,现实与未来之间,失败与成功之间,白天与夜晚之间……

淡　泊

在一个充满诱惑的世界里,欲望是咖啡,是美酒,是可卡因;淡泊是茶。

非分的欲望鼓舞人,也戕害人。淡泊,不是没有欲望。属于我的,当仁不让;不属于我的,千金难动其心,这就是一种淡泊。

不忧淡泊的生活,并能以淡泊的态度对待生活中的繁华和诱惑,让自己的灵魂安然如梦,这样的人,予自己是云朵一样的轻松,予别人是湖泊一样的宁静。

破坏安谧的生活,总是先从破坏淡泊的心境开始的;修补受了损伤的灵魂,总是先从学会淡泊的生活开始的。

诱惑有如莱茵河上的洛雷莱,欲望好比受不住诱惑撞碎在洛雷莱下的舟子。淡泊能使你心常如明镜,免受灾难。

淡泊给予你的或许不多,但是你所必需的东西都给予你了;奢华给予你的可能很多,但是人所必需的一些东西却可能丢掉了。

一个为淡泊的生活感到痛苦难熬的人,他往往会以更大的痛苦为代价,重新认识淡泊。

这个世界有太多的诱惑,因此有太多的欲望,因此有太多欲望满足不了的痛苦。一个人要以清醒的心智和从容的步履走过岁月,他的精神中不能缺少淡泊。

否则,他不是活得太忧郁,就是活得太无聊。

淡泊,不是不思进取,不是无所作为,不是没有追求,而是以一颗纯美的灵魂对待生活与人生。淡泊明志,古人早已对淡泊有过精辟的见解。的确,淡泊犹如美好的天籁。

春天在我们眼里,沙滩在我们脚下,蓝天在我们头上,森林在我们手中,让我们的心境离尘嚣远一点,离自然近一点,淡泊就在其中。

纯　洁

　　纯洁的优点是无瑕,纯洁的弱点是单纯。纯洁,有时很像个小瓷娃娃,虽不丰富,但很可爱。

　　不过,纯洁若太不成熟,是一种危险。

　　生活中的一种遗憾在于:美丽和纯洁常常不可兼得。一个美丽的女孩子,她心灵的纯洁比较容易被庸俗的捧场过早玷污;一个长久保持心灵纯洁的女孩子,往往不够美丽。

　　既生得美丽,又能保持心灵的纯洁,这并不是一件容易的事。

　　金钱对于一颗纯洁的心灵是无足轻重的。贫穷或富有,在一双纯洁的眼睛里大体被等量齐观。这也就是为什么金钱可以买到一切,却不一定能买到人心的原因。

　　如果一颗心是欲望制成的,它自然容易被金钱吸引;如果一颗心是金子制成的,它又怎么会被纸钞收买呢?

　　一颗纯洁的心,最易让人欺瞒,也最让人不忍欺瞒。面对一颗纯洁的心,是更加自律还是更加放肆,这可以从某种程度上成为区别一个人是善良还是邪恶的分水岭。

　　纯洁的概念是什么?这恐怕是要因人而异的。就《复活》中的玛丝洛娃而言,说她不洁的,可以强调她失去的贞操;说她纯洁的,可以强调她心灵的拥有。

　　不过,一个本来纯洁的人,只因无辜遭到了伤害,便被视为不洁,这岂不是太残忍了吗?

　　纯洁常把我带入一种境界:如春之碧波,夏之硕荷,秋之蓝天,冬之雪国。

　　我爱纯洁,如爱自然。

　　晶莹的心,四处流浪漂泊,这就是折磨;美丽的花,结出苦涩的果,这也是生活。

眼　光

眼光是否敏锐、远大、准确，常常决定事情的成败。看错人，便会用错人，用错人则会把事情弄糟。把事物的情形、前景看错也会导致失败。

独到而远大的眼光，有赖于知识、经验、聪睿。有眼光的人，可以用比别人少的投入获得比别人大的收益；用比别人短的时间成就比别人大的事业；用比别人小的力量赢得比别人大的成功。因此，人不必总担忧自己底子薄、出道晚、力量小，如果有敏锐而独到的眼光，机会总是可以捕捉的，也是有可能闯出一番天地的。

有眼光的人，会用发展的眼光看待人和事物，而不是只看眼前。据报载：美国有一位叫埃尔斯沃思的画商，1984 年曾在中国的一家画店收购了被称为"长安画派"代表人物的石鲁的七十幅精品，每幅的价格是一百余元人民币，其时，石鲁的中等水平的作品在美国拍卖价已达五万到六万美元。如果说，当时这位美国商人是得益于信息灵通，当今天许多著名的拍卖行频频找他，希望他拿石鲁几幅作品去拍卖，而这位美国人对此却不屑一顾，认为价格还远远未到位，他的这种态度便不能不说是出于一种眼光。从外国人买画这件事情，我们可以看出，生活中并不一定缺少机会，缺少的是一种独到而长远的眼光。

有眼光的人做标新立异之举都是有道理的，没有眼光的人做标新立异之举不过是在撞大运罢了。两者的立足点不同，前景也不同。

　　有眼光的人善用人，没有眼光的人则会使人才白白流走。战国时，魏惠王没有眼光识商鞅，不采纳魏相公叔座的荐言，致使后来商鞅事秦，说服秦孝公变法图强，使秦一跃而称霸诸侯。

　　中国有句老话：荐人于无名之时，助人于落寞之刻。这不但表现为一种美德，很多时候更表现为一种眼光。

　　变革时代，是一个机会特别多的时代，也是一个特别需要眼光的时代。能成大气候者和不能成大气候者，初时的基础、能力等往往并无太大差异，差就差在有眼光和没有眼光了。

等　待

人生充满了等待。

小的时候,等待长大;长大以后,等待一份浪漫的爱;有了爱以后,等待一个温馨的家……

等待,给人以憧憬,给人以希望,给人以慰藉。

等待,宛如一个无瑕的梦。

短暂的等待,是一种焦灼;漫长的等待,是一种折磨;落空了的等待,是一种哀伤。

等待,真可说是一份美好的无奈。

有时,我们明明是在等待什么,却又说不清在等待什么。说不清的等待,往往是一种最有诱惑力的等待。

等待,可以在充实中度过,也可以在寂寞中度过,还可以在空虚中度过。

等待,可以使人成为干涸的小溪,可以使人成为丰沛的大江,还可以使人成为无垠的大海。

如果你是男人,但愿你给你所等待的女人的是博大的浩瀚;如果你是女人,但愿你给予你所等待的男人的是美丽的蔚蓝。

不要总指望在等待中发生奇迹,这样的等待几近守株待兔,你所要做的是在等待中创造奇迹,这样的等待甚至可以使你反败为胜。

你若是个好儿子,就别忘了父亲的等待;你若是个好父亲,就别忘了孩子的等待。

只为了这些心灵的等待,你也应该使自己成为合格的男人。

等待,有时像岩石,是一种顽强;有时像劲竹,是一种坚定;有时像古藤,是一种柔韧;但更像的是孕育了万物的土地,是一种成熟。

也只有真正成熟的人,才善于等待。

春风,是冰河的等待;收获,是秋天的等待;雨露,是大地的等待;阳光,是大海的等待。

你的爱情,是我的等待。

理　智

一个理智的人,即使面对羞辱也能保持冷静,而不会一触即发或走极端,使自己在愤怒中迷失方向。

一个人失去了理智,就得准备接受打击和惩罚。因为理智不许做的事,都是在寻常状态下不应该做或不能够做的事。

理智有时的确是很脆弱的,甚至不堪一击。特别是在面对强烈感情的时候,人是很难保持理智的。这个时候,不使理智的城堡陷落的有效办法,就是及时回避。

一个理智的人会更懂得审时度势,扬长避短,让自己走向成功。而一个好冲动的人,却较少考虑自身条件,凭着一时的冲动去行动,到头来一事无成,枉费了许多精力和时间。

除了白痴,没有一个人是在什么情况下都能保持理智的。我们不一定非要似"诸葛一生唯谨慎",却应努力像"吕端大事不糊涂"。

太优越的条件,太娇纵的教育,对年轻人委实没多大好处。它很容易使人变得任性而少理智。像美国电视连续剧《浮华世家》中迈尔斯那样爱捅娄子,给生活带来麻烦。

理智不但是一种明智，更是一种胸怀。没有胸怀的人，总是缺少理智。而一个没有胸怀和理智的人则难成大器。"所取者远，则必有所待；所就者大，则必有所忍。"古往今来，大抵如此。

失去理智，会使一个人的行为变得愚蠢或者可笑。为了不使自己陷入愚蠢或者可笑的境地，我们应尽量克制冲动，保持理智。

微　笑

涟漪,是湖水的微笑;霞光,是清晨的微笑;春风,是大地的微笑。

微笑,是自然的太阳。

微笑,使陌生人感到亲切,使朋友感到安慰,使亲人感到愉悦。

微笑,是人类的春天。

男人的微笑可以如梦,女人的微笑可以似花。

男人的魅力和女人的妩媚,尽可蕴含在不言的微笑之中。

你给别人以微笑,别人回报你以友情。你什么也没付出,却得到了一份珍贵的感情馈赠。

斯提德说得极为精彩:"微笑无需成本,却创造出许多价值。"微笑使得到它的人们富裕,却并不使献出它的人们变穷。

微笑着面对诽谤,微笑着面对危险,微笑着面对坎坷崎岖的人生。

当你微笑着走向世界的时候,所有的艰辛和磨难不但不能奈何你,反而更衬托出你那从容不迫的风度。

微笑并不会破坏深沉,只会给深沉注入轻松。

有人以为,一个深沉的人,是不苟言笑的。如果深沉真是这样,那么我宁肯不要深沉。生活已经够沉重的了,为什么要为了一种莫名其妙的深沉活得更累呢?

我喜欢轻松,因此,我喜欢微笑。

微笑与强颜欢笑有着根本的区别。

微笑,是愉悦心灵的折射;强颜欢笑,是悲泣心灵的掩护。

如果笑不出来的时候,最好别笑。

否则,强颜欢笑让别人的感官受刺激,也让自己的心灵更受伤害。

大笑容易使人觉得张狂,浅笑容易使人觉得小气,狂笑极易生出乐极生悲之感,阴笑更是让人不寒而栗、毛骨悚然。

微笑貌似平平淡淡,其实却是恰到好处。它既是一种单纯,也是一种丰富;它既是出于礼貌,更是发自内心。

的确,微笑最美。

修　养

行远,必先修其近;登高,必先修其低。近不修,无以行远路;低不修,无以登高山。

苏轼有言:"匹夫见辱,拔剑而起,挺身而斗,此不足为勇也。天下有大勇者,猝然临之而不惊,无故加之而不怒。"

是的,以修养对待修养,还不是真正的修养,以修养对待无修养才是真正的修养。

修养,必得历事。

不历事的修养,当事情发生的时候,人或许能够保持外表上的平静,却无法保持内心的平静。历过事的修养,当事情发生的时候,人可以保持内心的平静,外表自然也是平静的了。

在生活中,从未遭人毁谤的人恐怕并不太多。面对毁谤如何办呢? 清人申涵先在《荆园进语》中所言:"何以止谤,曰无辩,辩愈力,则谤者愈巧。"或许能够给予我们某种启示。

修养,不是说不会发脾气,而是说不会轻易发脾气。不会发脾气的人不一定是有修养的人;动不动就发脾气的人,则是缺乏修养的人。

修养之所以重要，其中一点，是因为良好的修养可以帮助我们减少人际关系中的紧张与摩擦。难道非要把生命耗费在人际摩擦中吗？

一个在人生中欲有所成的人，必得不断加强自身的修养。否则，他不是毁在鲜花中，便是毁在流言中。

据说，雅典哲学家苏格拉底，是总能够让人心服口服的第一人。他总是先提出一个让对方必须说"是"的问题，然后再提一个让对方仍不能不说"是"的问题，如此继续，当对方领悟到他的用意的时候，原来被自己"否定"的问题，已被自己"肯定"了。

苏格拉底的询问法，被广为流传和运用，这既表现为一种智慧，也表现为一种耐心。而这样的方法，非有修养者难以为。

才 华

有才华的人,比常人更洞明世事而且敏感,因此,他必须还要有坚强的神经。否则,世事的污秽极易使他悲观厌世,个人的挫折极易使他沮丧沉沦。

一位学生问老师:为什么今天的作家里产生不了鲁迅、郭沫若、沈雁冰这样才华横溢的大师呢?

老师思忖了一下回答说:或许那是因为他们还没有老,还没有死。

这是一个耐人寻味的回答。

对于有才华的人来说,敛其锋芒,以避人言,不如我行我素,不畏人言。

敛其锋芒,还有锋芒,终究还是不能避开人言;我行我素,不畏人言,最后人言自敛。

如果你是富有才华的,最忌讳的是再多一个斯腾托尔式的大嗓门,那可真是成事不足,败事有余。

才华战胜才华,无才算计才华。

伴随才华而来的常是诱惑。不是要拒绝一切诱惑,而是只需拒绝那不该享用的诱惑。

伴随才华而来的常是非议。若以才华回敬非议,既是一种浪费,

172

更失一种境界。

伴随才华而来的常是压制。对于确有才华者,可以压得一时,绝难压得了一世。

天才不以为自己是天才,庸才总以为自己是天才。

对于有才华的人来说,没有什么事是不能争取的,并不是一切努力都会有结果的。

诗 歌

我有一个愿望:在我年轻的时候,我是属于诗的;当我年老的时候,诗是属于我的。

在文学样式中,诗是最不可译的,你可以译出它的意思,却很难译出它的神韵。

表达同一个意思,一般人说三句,小说家说两句,而诗人只说一句。

自古以来,太优秀的诗,往往出自太忧郁的心。先逢绝境,后出绝唱。

对于诗人来说,诗歌是文学中的文学;对于一般人来说,诗歌是文学外的文学。

灵感是风,在它所过之处,总会飘落些许美丽的诗的花瓣。

幸运的诗人,多有不幸的经历。

我从一首首美丽的诗篇中,常常读到的是一个个受着煎熬的灵魂。

如果我的生活是一首诗,我宁肯不写诗。正因为愈是得不到的东西便愈想得到,我才写起诗来。

写诗和为人一样,贵在自然。
故弄玄虚的诗和装腔作势的人一样,令我感到厌恶。

语言,是思想的交流;诗歌,是灵魂的对话。

诗是属于青年的。如果身为青年而不喜欢诗,这真乃人生一大遗憾。

对我来说,读好诗如品香茗,不但解渴,而且惬意。
这个年头,好诗之所以很少的原因之一,或许不是因为诗人太少,而是因为诗人太多。

磨 难

磨难有如一种锻炼，一方面消耗了大量体能，一方面却又强身健骨。

对待磨难有两种态度，一种是主动迎接，一种是被动承受。古时的斯巴达青年，迫于风俗的压力，每年都要在神坛上承受笞刑，以增强忍受磨难的耐力。此举同时具有主动和被动这两种因素。

主动迎接磨难的人，在忍受磨难的痛苦时，内心多是坦然的，磨难使他好像刀剑愈见锋芒；被动承受磨难的人，在为磨难所煎熬时，内心多充满惶惑，磨难使他仿佛卵石愈见圆滑。

过多的磨难，对于一个英雄来说，或许是件幸事，诚如孟子所言："天将降大任于斯人也，必先苦其心志，劳其筋骨，饿其体肤，空乏其身，行拂乱其所为，所以动心忍性，增益其所不能。"而对于一个国家来说，却无论如何是一种不幸，中国的近代史已把这一点昭示得清清楚楚。古人言：多难兴邦。这只是一种狭义上的真理，而不是广义上的真理。

英国作家希尔顿在他的小说《消失的地平线》中，虚构了一个地名——香格里拉。后人多把香格里拉喻为世外桃源。

遗憾的是，人们命运中的香格里拉总成虚幻，而生命中坦塔罗斯式的磨难却是百分之百的真实。

就人生而言,总是从平坦中获得的教益少,从磨难中获得的教益多;从平坦中获得的教益浅,从磨难中获得的教益深……因此,若想做一个非常平凡的人,则是磨难少一些更好;若想做一个出类拔萃的人,则不妨多经历些磨难。

人的容颜往往和磨难成反比,人的魅力往往和磨难成正比。

磨难能使人优秀,也证明着这种优秀。如果既想成为优秀,又想远避磨难,这样的事情几乎是不可能的。

潇 洒

这个世界,真正潇洒的人不多,故作潇洒的人不少。

不过,潇洒是绝对"故作"不出来的,否则,人人都会很潇洒,世间也就没有了潇洒。

可悲复可叹的是,一些故作潇洒的人,往往自我感觉良好,以为自己真的很潇洒。这时,他给人的感受,宛如重温了西方人常说的一句话——我的上帝啊!

内心的潇洒是一种境界,它的极致是无我——脱尘出世;外表的潇洒是一道风景,它的极致是有我——舍我其谁。

遗失了一件珍贵物品,只在心中懊恼片刻,便弃之脑后,这是一种潇洒。

与恋人分手,在心中惋惜了几天,便平静如初,这却不是潇洒,而是从未真正爱过。

当你刻意模仿潇洒的时候,是你离潇洒最远的时候;当你无意潇洒的时候,是潇洒离你最近的时候。

有人认为,那种一掷千金的派头就很潇洒,这真是对潇洒的误会和嘲弄。摆这种派头,除了证明这钱八成不是他自己辛苦挣来的外,并不能更多地说明什么。

这样的人一旦落难,不要说潇洒,恐怕连自尊都不一定能保得住。有谁见过落难的阔少或暴发户是如何表现潇洒的吗?

潇洒,是一种本色。那些特别潇洒的人,也就是把本色自然表现和发挥到了淋漓尽致程度的人。

失去了本色,也就没有了潇洒。

不畏人言,也是一种潇洒。

畏惧人言,必定常常裹足不前。

一个常常裹足不前、犹豫不决的人,是没有潇洒可言的。

谁不爱潇洒?

谁又能潇洒?

具有博大胸襟的人,才有可能在心灵上潇洒;具有自信和实力的人,才有可能在外表上潇洒。这样的潇洒,才是真正意义上的潇洒。生活当中,那种更多的只是接近于漂亮意义的潇洒,与真正的潇洒比较起来,实在不过是"雕虫小技",它既无助于一项伟大的事业,也无助于一个崇高的人生。

欣 赏

有一些东西并不一定要得到,只要能够欣赏到就很好,当你欣赏的时候那是一种完美,一旦得到了,反而会破坏了那种完美。

欣赏和附庸风雅是截然不同的两回事。

欣赏是一种陶冶,一种提高,一种收获;附庸风雅是一种时髦,一场热闹,一个过场。

一般而言,一个善于欣赏别人的人,必是一个丰富的人;一个被别人欣赏的人,必是一个出色的人。

如果不能做一个出色的人,那就做一个丰富的人。

我们的言谈举止应该自然,而不是有意做出来让别人欣赏,否则将会很容易言不由衷,举止做作。

欣赏,使人在潜移默化中汲取和提高,古人云:"能读千赋则善赋,能观千剑则晓剑。"正是。

如果我们想成为出色的人,首先就要学会欣赏比自己出色的人。

一个永远也不欣赏别人的人,也就是一个永远也不被别人欣赏的人。

有一种人,他谁都不欣赏,只欣赏他自己,表面上看这似乎是一种清高,实质上这是一种狭隘。

彼此欣赏当然是件好事。彼此不欣赏也无妨，但应做到不因此而排斥别人。

我欣赏名山大川的气势，我欣赏小桥流水的清幽；我欣赏大漠孤烟的粗犷，我欣赏渔舟唱晚的意境。

在欣赏大自然瑰丽的景色中，我时常感到灵魂的净化和升华。

秘 密

只有完全成熟的人,才有真正的秘密;不太成熟的人,只有暂时的秘密;不成熟的人,则根本没有秘密。

从一定意义上讲,秘密与魅力同在。

秘密存在,魅力也存在,秘密一旦公开,魅力便会荡然无存。为了使自己的魅力保持得更久长,学会适当地保留一些秘密是必要的,这也是一种生活的艺术。

如果你是个铁骨铮铮的好男儿,就应该学会把痛苦作为一种秘密深埋在自己宽厚的胸膛里,永远用你的微笑去面对父母,永远用你的欢颜去感染妻子,永远用你的笑声去浇灌孩子烂漫的心灵。

我一向觉得:一个心中没有秘密的人,不会幸福;一个心中有太多秘密的人,一定痛苦。

秘密,是心灵之花,一束是一种美,太多了便会为其所累。

秘密与坦诚并不矛盾。坦诚用以待人,秘密用来自娱。

以为坦诚就必须是心灵的全部剖白,这如果不是一种误会,便是一种苛求。

有一种秘密,是欢乐和痛苦孕育的花朵,这枝花朵,既迷人又磨人。因为迷人才磨人,因为磨人而更迷人。

如果别人把内心深处的秘密向你披露，这是一种莫大的信任。即便出自善良的动机把别人的秘密示人，也不够妥当——这既容易伤害友人，也容易伤害友情。

　　心与心的贴近，情感与情感的交融，往往是从彼此或单方面的倾诉心灵深处的秘密开始的。有一些秘密藏在心头太久了，便成了一团混浊的空气，对自己并无什么益处。当你敞开心扉，阳光便会照射进来，春风便会吹拂入来，心灵便会透亮起来。

　　真的，不是所有秘密都必须永远属于自己的。

清 高

清高,不是因为优越,而是因为优雅。优越产生的不是清高,而是高傲。

高傲是不能与清高相提并论的,仿佛植物,有的雍容,有的飘逸,是很不相同的。

一个处处想向别人表明自己清高的人,其实并不真正清高,真正的清高是为了保持自身的纯洁,而不是为了做给别人看的。

你可以是清高的,但不能因此把别人视为浊物,这是缺乏良好修养的一种表现。

有一些仿佛清高的人,是因为从来不缺乏牛奶和面包。一旦发生生存危机,他便会斯文扫地,抢得比谁都疯狂。

中国历代文人都不乏清高超拔之士,所缺的是清醒冷静之人,狂热时候的清醒和挫折时候的清醒。

不是什么人都可以清高。

要么吐气若兰,要么气质似竹,要么心静如水,要么才情若海。

一个庸俗苟且之辈,倘若也要做出一副清高状,只能让人觉得滑稽。

有一些时候,沉默也可以用来表明一种清高,但其意义也仅仅限于表明了清高。遗憾之处在于,这种清高往往于时无益,于事无补,因而也就带上了消极的色彩。

有一点清高,可以获得人的好感;太过于清高,却易招致人的反感。这是生活中我们不能不注意的。

清高,可以用来修身,却不能用来治国,更不能用来平天下。为人所不能为,忍人所不能忍,这常常是大英雄之举。而此类做法,往往与清高相去甚远。

孤　独

孤独若不是由于内向，便往往是由于卓绝。太美丽的人感情容易孤独，太优秀的人心灵容易孤独，其中的道理显而易见，因为他们都难以找到合适的伙伴。

太阳是孤独的，月亮是孤独的，星星却难以数计。

人都难以忍受长期的孤独。

意志薄弱的人，为了摆脱孤独，便去寻找安慰和刺激；意志坚强的人，为了摆脱孤独，便去追寻充实和超脱。他们的出发点一样，结局却有天壤之别，前者因为孤独而沉沦，后者因为孤独而升华。

有一种人，宁愿无聊也不愿孤独，因为孤独对他来说也是无聊；有一种人，宁愿孤独也不愿无聊，因为孤独对他来说只是寂寞。

孤独而寂寞的人，只是觉得时光冷清，却不会虚度时光；孤独而无聊的人，总觉得日子无滋无味，于是便浪费光阴。

当别人因失意而孤独的时候，你去成为他的朋友，他往往会心存感激；当别人因得意而门庭若市，你想去成为他的座上客之时，常常会遭到轻视。

因此，一个真正聪明的人是不会太势利的，更不待说一个真诚的人了。

有些表面上很幸福的人,实际上是很不幸的人;而有些表面上很不幸的人,实际上是很幸福的人。

　　感情上的幸与不幸,只有当事者心里最清楚,旁人常常是在妄加猜测。

　　的确,有的人脸上有太多太多的微笑,是因为心中有太多太多的泪水啊。

忍　耐

命运常常是一种折磨。

不论是谁,在人生中有时总难免身陷逆境。身陷逆境,一时又无力扭转面临的颓势,那么最好的选择就是暂且忍耐。事物总是在不断地运动和变化,应该在忍耐中等待命运转折的时机。

不能忍耐的结果,往往是不得不更长久地忍耐。

即使面对别人的侮辱和伤害,有时也需要忍耐。何必急急忙忙以一种对抗的方式来证明自己并非软弱可欺呢?

你不是好欺负的,并不能证明你是强大的,当你使自己变得强大起来,你自然就不是好欺负的了。有谁敢轻视曾受过胯下之辱的韩信呢?

学会忍耐,就是学会不做蠢事,就是学会不做那些一时痛快,后来又终生懊悔的事。

忍耐,不应该成为逃避的托词。

逃避是意志的沉沦和对信念的背叛,忍耐不是。忍耐是意志的升华和为了使追求成为永恒。

两者的区别是:忍耐在心灵上是从容的,逃避在心灵上是仓皇的;忍耐从不忘记责任和使命,逃避早已不知责任和使命为何物了;忍耐并不畏惧死,逃避则是对死的一种恐惧的反应。

忍耐,很容易被人视为怯懦。有些人畏惧人言,所以从来不愿忍耐。殊不知，畏惧人言本身就是一种怯懦。

在军事上，防御和退却就是一种忍耐。一个只知道进攻的指挥官，除了以极大的热忱迅速给进攻打上句号并证明自己是个十足的笨蛋外，并不能更多地说明什么。

从某种意义上讲，人生就是一场战争。

谦　虚

大智者必谦，大勇者必含。

谦，是一种心境；含，是一种境界。

同一个人，在国内总是谦虚，到了国外总是不谦虚。其实，从前他未必真的谦虚，只是因为怕被人说成骄傲；后来他未必真的不谦虚，只是因为怕被人认为无能。

我佩服那些具有真正谦虚品德的人，其成就让我觉得可敬，其谦和让我觉得可亲。

口头上说自己不行，心里却觉得自己特别行，大概这也是一种中国式的谦虚吧。

只是到了某种关键时刻，人家说一句："不行，你还指望什么，回去吧。"于是他的"不行"立即变成"能行"，谦虚马上变成"狂妄"了。

千人一面的谦辞，抹杀了多少人的个性。而人不得不将个性抹平，是不是又意味着环境的不够宽容呢？

在很多情况下，一个年轻人不断地表现他的谦虚，说明他已变得世故了；一位老人不断地表现他的谦虚，说明他已真的老了。

谦虚，本是一种宝贵的品质，可是我们不论走到哪儿，人们似乎都很谦虚，于是，谦虚也就变得不那么宝贵了。

"王侯将相，宁有种乎？"这话并不谦虚，却透着一股豪气。今天，我们是不是应该活得再多一点豪气呢？

夹着尾巴做人，不是因为夹着尾巴好受，而是因为被人揪住尾巴更痛。

人是不能不谦虚的，因为人都有弱点。
人是不能不骄傲的，因为人不是只有弱点。
谦虚，不失个性；骄傲，不乏自知。

宁 静

宁静的山是心灵的绘画，宁静的水是灵魂的诗篇，宁静的夜是精神的书籍。

我宁静，是为了让思想活跃；我活泼，是为了让精神宁静。

一颗受了伤害的心灵，有时需要的是安慰，有时需要的是宁静。最不适宜做的事情，就是用安慰去干扰宁静。

达·芬奇的《蒙娜丽莎》问世以来，人们都被告知她的微笑如何富有魅力，而我更欣赏的则是她的那份恬适和宁静。

美妙的音乐在不宁静中使人进入宁静，卓越的雕塑在宁静中使人变得不宁静。

宁静是一种伟大孕育的结果。

有了金钱你就幸福了吗？不见得，你可能为了爱情而苦闷；有了爱情你就舒心了吗？不见得，你可能为了生活的淡泊而忧虑；有了权力你就惬意了吗？不见得，你可能为了上司的脸色而不安。

然而，你如果有了一颗宁静的心灵，就可以比较超脱地看待一切，就能够平心静气地享受生活。

孤独最大的好处是宁静，宁静最大的好处是超然。

宁静是一种境界。

　　具有这种境界的人,成功的时候他能很快进入安然状态,失败的时候他能很快进入超然状态。

　　当大家对某一种现象热热闹闹群起仿效的时候,超然物外的一颗宁静的心灵已发出了胜利的微笑。

　　就是在那个时候,赶热闹者已注定了他的失败,宁静者已奠定了他的成功。

　　宁静不声不响,却具有一种伟大的力量。

　　只有心地善良的人才会获得心灵上的宁静,一个罪恶的灵魂是没有宁静可言的。

承 诺

我真想承诺人们希望我做的一切,可是请原谅我,我做不到。

爱情无承诺可言。

如果爱一个人,不承诺也会去爱;如果不再爱一个人,曾经承诺了也迟早会背叛。

承诺那些自己做不到的事情,无疑是自讨苦吃。你最初的愿望是不想让别人失望,可是后来你却让别人更失望。

最喜欢承诺的不是医生,而是江湖术士,能够手到病除的不是江湖术士,而是医生。

你是相信江湖术士,还是相信医生?

我为德莱塞笔下的洛柏特悲哀,她太相信克莱特对她的承诺,以致酿成了后来的悲剧。遗憾的是,在这个世界上,洛柏特式的悲剧仍然在不断重演,其中不少女性还看过德莱塞这本著名的小说《美国悲剧》。

承诺时的心情至少有两种:愉快的承诺,违心的承诺。

你不要使我无奈,我不想使自己尴尬。

我理解并尊重那些不轻易承诺什么的人,这需要勇气,也表明了一种负责精神。

我看不起那些无论在什么情况下都不敢有所承诺的人，那不是由于圆滑，而是因为无能。

别人对我们不履行承诺，会使我们感到气愤。但我们气愤什么呢？难道不正是我们自己认错了人吗？

我们应该明白，有些承诺是难以实现的，因为它被岁月风化了。岁月能够风化许多坚硬的东西，也包括承诺。

感　情

最深沉的感情往往是以最冷漠的方式表现出来的，最轻浮的感情常常是以最热烈的方式表现出来的。

太感情化的人，命运多坎坷；太理智化的人，一生多寂寞。

善不善于驾驭自己的感情，这是一个人是否成熟的一种标志；能不能够承受感情上的打击，这是一个人是否坚强的一种标志。

珍惜自己的感情是一种修养，尊重别人的感情是一种道德。

珍惜自己的感情，会更赢得别人对你的尊重；尊重别人的感情，别人会更珍惜与你的交往。

一个人应该有较多的爱好和较多的朋友。这样，在你感情顺遂的时候，可以丰富你的生活；在你感情遇到麻烦的时候，可以帮助你较快从中解脱出来。

感情是事业的基石。

热爱自然，造就了伟大的科学家；热爱人类，造就了伟大的文学家；热爱祖国，造就了伟大的政治家；热爱生活，造就了伟大的艺术家。

没有一种深厚的感情，就没有一个成功的事业。

感情,常常成为人们生活中的旋涡。怎样从感情的旋涡中解脱出来? 想一想在江河湖泊中一旦陷入旋涡应该怎样挣脱,也就应该明了怎样从感情的旋涡中解脱出来。

　　自然和社会常有许多绝妙的相似之处。

不要太久地拥抱春天,否则你怎能不流连忘返;

不要太久地注视冬天,否则你怎能不憔悴容颜。

逆　境

很多时候，庸才制造逆境，人才扭转逆境。逆境的出现和消失，经常是人为的。小至厂长、经理，大至军事家、政治家的威信之得以确立，常是从扭转逆境开始的。

逆境，是一幅雄浑的风景。

法国画家库尔贝的一生几乎都是在逆境中度过的。于是，在许多人心目中，他成了像他的震撼人心的作品《浪》一样雄浑的风景。

人生两境况：顺境与逆境。

顺境，可用来发展事业；逆境，可用来磨炼意志。以更坚强的意志去发展事业，以壮大了的事业去迎接更严峻的挑战，这样的人生是充实而有意义的。

逆境延续的时间可能短也可能长。

人常常是无从估计逆境时间的短与长的。因此，身逢逆境便消沉，便无聊，便无所事事，消极等待逆境的消失是不智的。消极的态度丝毫不能改变逆境，反而把无从挽回的光阴又搭了进去。

人生有限。我们应避免这样一种状况：当逆境消失了，人生的时间也白白流逝了很多，甚至耗费得所剩无几了。

真正优秀的人才和作品，常出自逆境。

史学家司马迁在《报任安书》中有一段非常著名的描写："古者富贵而名摩灭，不可胜记，唯倜傥非常之人称焉。盖文王拘而演《周易》；仲尼厄而作《春秋》；屈原放逐，乃赋《离骚》；左丘失明，厥有《国语》……《诗》三百篇，大底圣贤发愤之所为作也。"

这也是对待逆境的一种态度。伟大与渺小，卓绝与平庸，深刻与浮浅，常常在这样的时候泾渭分明。

逆境能使人更快地成熟。对于一种能够促使我们成熟的境况，我们为什么要害怕呢？

逆境有如逆水行舟。当划过了一段最艰难的河道之后，我们常能感到一种放舟千里、直奔大海的气势与喜悦。

生 活

什么事都可能遇到,这就是生活;什么样的境遇都不能将你打垮,这就是强者。

如果你不想死,你就得生活。乐观、潇洒、向上是一种活法,悲观、无聊、沮丧也是种活法。既然我们无法躲避生活,为什么不好好选择一下呢?

杰出的人物,对待生活的态度不一定都是杰出的。在对待生活的态度上,我欣赏出身贫寒、后来成为企业家的美国钢铁大王卡耐基:少年勤奋,长成坚毅,晚年安详。

活着没劲儿。可是人人都觉得带劲儿的生活,有吗? 正是因为生活的艰辛和严峻,人才有了达观和悲观之分,坚强和软弱之分,清醒和迷惘之分,卓绝和短视之分。生活并非处处公正而又合理,处处公正而又合理的是梦,不是生活。

生活如此,我们总是抱怨又有什么用? 走在崎岖不平的路上被绊倒了,站起来接着走就是了,难道非要往地上吐两口唾沫,甚或再踹大地两脚?

生活将许多不切实际的幻想打得粉碎,当你不再那么富于幻想的时候,你便失去了很多可爱的纯真,但你却会得到宝贵的成熟。

人都愿意过好日子,这没有错。不过,人一旦太贪婪,便注定没有好日子过。

　　有一则与达·芬奇有关的逸事:1911 年,他的名画《蒙娜丽莎》在巴黎卢浮宫被盗,原来挂画的地方便成了一片空墙,让人难以置信的是,两年之中来看那片空墙的人居然比过去几年中来欣赏作品的人还多一倍。

　　这是生活的幽默。

　　关于生活,我想:眼泪里泡过的微笑更晶莹,惆怅里沉淀的歌声更动听,寂寞里凫出的孤独更昂扬,迷惘中走出的灵魂更清醒。

真　实

做一个真实的人,这似乎是一个最简单不过的愿望,遗憾的是,生活并不那么简单。实现这最简单不过的愿望,恐怕需要的是最不简单的决心和意志。

吃亏的常是些活得真实的人,可活得坦然的不也是这些人吗?
受益的常是那些活得虚假的人,可活得忐忑的不也是这些人吗?

鲁比克发明的风靡一时的魔方,变化万千,却是有其真正价值的,因为那是一种真实的创造。
一些故作深奥的作品和艺术,装腔作势,却是没有多少价值可言的,因为那只是一种无聊的做作。

有这样一种人,一生仿佛总在恋爱,而且对他(她)来说,每一次恋爱都不是逢场作戏,是绝对真实的。我并不怀疑这种真实的诚意。
只是,当他(她)又一次满心欢喜地拥抱新的爱情的时候,我在真心为他(她)祝福的时候,好像总免不了要轻叹一声:唉,世界上又有一位可爱的天使(骑士)快要倒霉了。
我们不必有意显得比真实的自己更深刻,也不必有意显得比真实的自己更潇洒,许多优秀的东西,一经夸张,反而失去了原有的光芒。

嫉　妒

对于庸人和蠢材,别人不会嫉妒也不屑于嫉妒。

别人的嫉妒,从反面证明了你或是优秀或是卓绝。对此,你应该感到高兴才是,为什么要痛苦呢?

如果别人的嫉妒就能把你打倒,这说明你可能是优秀的,却不是最优秀的,在意志上更远不是最优秀的。

嫉妒不但是一种卑下,也是一种无聊。嫉妒者应该明白:能够被嫉妒毁灭的人,其实根本不太值得嫉妒;而嫉妒无法毁灭的人,嫉妒只能使他更加拔群超绝。

面对嫉妒者的中伤,最容易做出的也是最下策的反应就是反唇相讥。这样,你会因为别人的无聊,自己也变得无聊,甚至有可能陷入一场旷日持久、使心智疲惫又毫无意义的纠葛。拜伦说过:"爱我的我抱以叹息,恨我的我置之一笑。"他的这"一笑",真是洒脱极了,有味极了。对嫉妒者的中伤,最妙的回答是——让心灵安详地微笑。

嫉妒是一种卑下的情感,但同是嫉妒,情况并不相同。有一种嫉妒完全出自恶意,甚至盼望有一天可以幸灾乐祸,对此我们完全有理由轻蔑。另有一种嫉妒却不同,它同羡慕交织在一起,而嫉妒者本身也能意识到嫉妒的丑恶,只是忍不住偏偏生出嫉妒,对此,我们采取的态度应该不是轻蔑,而是宽容。

　　嫉妒者给予我们最重要的启示是——不要嫉妒;
　　对某些嫉妒者最好的回答是——让他更加嫉妒。

忧　郁

忧郁是一种极为有损身心健康的使人消沉的情绪。

如何解除忧郁呢？曹操说："何以解忧,唯有杜康。"后人似乎并不同意他的观点。李白的"抽刀断水水更流,举杯消愁愁更愁"的诗句,便是例证。

美国有一位叫戴尔·卡耐基的学者,为了帮助人们消除忧郁,写下了洋洋八万言的《人性的优点》一书,然而,对于一个为忧郁所缠绕的人来说,要耐着性子通读完这八万言,已足以构成新的忧郁了。

一种深切的忧郁,绝不是一本书、一篇文章、一次谈话所能够消除得了的。忧郁多是由于环境的恶劣,命运的多舛,突然遭逢的厄运,感情上出现的危机等原因造成的。迅速摆脱忧郁的唯一途径,就是使情形迅速从根本上扭转。否则,摆脱忧郁则需要时间的淡化或情形的逐渐转变。

人类对于忧郁并非毫无办法。首先,忧郁并不尽是客观因素造成的。同样一件事,放在一个人身上,换来的可能只是淡然一笑,放在另一个人身上,却可能导致忧心忡忡。使自己的胸怀变得健康、开朗、乐观,可以减少忧郁来临的次数。

其次,强者少忧郁。之所以如此,是因为强者往往能够运用自己的力量扭转面临的颓势,许多事情还未发展到可以给他带来忧郁的程度,就已被他用有力的手一推给推开了。而弱者却因无力推开降临的不幸,于是只好和忧郁做伴。

成为一个强者,这是减少忧郁来临的又一种方法。

我们尽管可以减少忧郁来临的次数,却无法从根本上杜绝忧郁对我们的造访,这就有如我们有时不得不接待我们并不欢迎的客人的到来。想想我们应该怎样对待我们不喜欢的客人,我们就知道该如何对待忧郁了。

愤 怒

愤怒中容易失去理智,虽然失去理智的宣泄很痛快,但也易留下隐患。

一个人在平时可能会说假话,愤怒时却会说真话,除非那愤怒也是假的。

人在愤怒平息之后,常常是悔意便来。既然后来生悔,当初,为何不尽量克制一下呢?

愤怒可以出诗人,却难出大政治家和军事家。政治家和军事家若易怒,恰恰是他的对手所希望的。所谓"激将法",大抵是为莽汉准备的。

易怒者伤身,殒命。

据《晋书·王逊传》载:晋惠帝时为南夷校尉的王逊,外讨内治,颇有政绩。当时有成汉将领李骧来犯,王逊派将军姚崇出战,大败李骧于堂狼。姚崇追至沪水,敌军落水而逃,死千余人。姚崇因远离大本营,不敢穷追,未尽全功而返。王逊知道后,谓此乃放虎归山,把全部军官关押,并令鞭打姚崇。王逊自己痛惜失去良机,越想越怒,半夜,竟在愤恨中死掉。若论王逊气量,比之韩信相差太远。

受了委屈,大发脾气太容易了。不容易的是受了委屈仍能处之泰然。有时候,修养就表现在这里,境界就表现在这里。

　　常见有人家中挂的条幅是个"忍"字。的确,日常生活和人际交往中,有多少事情真的是忍无可忍的呢?

　　愤怒时极易出口伤人,结果导致两败俱伤。杰弗逊说:"愤怒时,心里数十下再开口,非常愤怒时,数一百下。"生活中,我们不妨试试。

流　言

人的一种可悲在于：受到别人流言伤害的人，有时又是听信和传播流言去伤害别人的人。

你是无辜的，又是有罪的。

不必向人过多表示你是多么不在乎流言，多做这种表示，恰恰说明你在乎。还是忙那些自己该忙的事吧。当你已经忙得没有工夫和人谈论你在乎不在乎了，你才真是不在乎了呢。

流言可以杀死阮玲玉，却杀不死鲁迅，这说明流言是可怕的，也是无奈的。

倘若自己的意志如磐石，对流言的鞭子又何惧之有？

你告诉了我一位名人的传闻，问我那是真的吗？

我说，你说的这些传闻，只有当事者才可能知道。而这样的事他又不可能披露给别人，你说这是真的吗？

古人说："流丸止于瓯臾，流言止于智者。"这话没错。不过，这样的智者必是坦诚的。否则，心地褊狭的"智者"制造和传播出的流言，怕是还会高人一筹，传之更远。

杀人有罪。流言的卑鄙在于：它也可以杀人，却又难以捉到凶手。

流言之所以起作用，是因为生活中有许多听信谗言的奥赛罗式的人物。如果我们不做奥赛罗,流言的作用就很有限了。

你可以找到一个流言较少的环境,却难以找到一个不存在任何流言的环境。因此,有时想法改变一下环境是必要的,但更主要的是适应环境。适者生存。

把心系于远方,把目光投向海洋,不斤斤计较一事一日之真伪与短长,我们应该有十年之后再笑流言的气度。

为流言所烦恼,恰是散布流言者所希望的。让我们的心里和眼里,只充满大地的无垠和海洋的浩荡。

沉　默

卡莱尔有一句名言："雄辩是银,沉默是金。"沉默是金,这话真是精彩极了,但必需的前提是:懂得沉默。

就一般情况而言,还是雄辩是金,沉默是银。因为人人都会沉默,却并非人人都可以雄辩。

沉默也是一种语言。

能够用沉默这种语言交谈的人,不是由于聪睿,便是由于默契。

如果说喧嚣属于白天,死寂属于夜晚,那么沉默则属于黄昏。

对于不懂沉默的人来说,沉默什么也不是;对于懂得沉默的人来说,沉默是一道非常富有魅力的风景线。

沉默可以是一种默许,沉默也可以是一种无奈,沉默还可以是一种轻蔑或愤怒。

一个习惯于沉默的人可能是幸运的,一个习惯于沉默的群体或民族多半是不幸的。

对于一件事物,过于精通或过于外行都容易导致沉默。精通者懒得说,外行者不会说。

喜欢滔滔不绝的人,常常是对此事物有一知半解的人,他既有兴致,又不会是一无所知。

沉默常常是感情到了极致的一种表现。

极端的喜悦和极端的愤慨都会造成一时的沉默。

太高兴了,语言便显得苍白;太愤慨了,语言便显得无力。于是,这样的情景出现了:在最不想沉默的时候偏偏却最沉默。

有一些话,是不能够用言语表达的,一经用言语表达,其中的韵味便荡然无存。

学会用沉默的方式表达自己的思想和感情,就是学会悄悄地走入对方的心灵。

当你真的走入了对方的心灵,把你身后的门轻轻关上的很可能不是你,而是对方。

自　信

没有自信,便没有成功。一个获得了巨大成功的人,首先是因为他自信。

有人说,自信是成功的一半,真是很对。

但自信只是成功的一半,它毕竟还不是成功。如若不充分认识这一点,有一天你会连原来的这一半也丧失。

自信的人依靠自己的力量去实现目标,自卑的人则只有凭借侥幸。

自信者的失败是一种命运的悲壮,自卑者的成功则是一种命运的悲哀。

前者真是虽辱犹荣,后者却是虽荣犹辱。

古往今来,有许多失败者之所以失败,究其原因,不是因为无能,而是因为不自信。

自信,使不可能成为可能,使可能成为现实;

不自信,使可能变成不可能,使不可能变成毫无希望。

一分自信,一分成功,十分自信,十分成功。

自信与不断取得的胜利有关,不自信与接连遭受的挫折有关。

当你不自信的时候,你还难以做好什么;当你什么也做不好的时候,你就更加不自信,这是一种恶性循环。

若想从这种恶性循环中解脱出来,重建自信心,你不妨先从最有把握做好的事情做起,当你不断取得了成功的时候,你的自信心也就逐步重新建立了。

自信悠然的外表下,往往掩藏着一种潜在的危险——狂妄。

自信可以使你从平凡走向辉煌,而狂妄则会使你从峰巅跌入深谷。

当你总是在问自己:"我能成功吗?"这时,你还难以撷取成功的花枝;当你满怀信心地对自己说:"我一定能够成功!"这时,收获的季节离你已不太遥远了。

服　饰

　　如果说,言论是有声的思想,那么服饰则可以说是无声的语言了。一个人穿着的衣装,向社会和人们所叙述的内容是非常丰富的,职业、身份、教养、情趣、审美意识,还有喜怒哀乐的感情等等,真可以说是尽在不言之中。一个社会人们的穿着向世界所展示的内容也同样丰富:政治是否开明、经济是否发达、文化是否进步、观念是否开化等等。

　　服饰是一面镜子,从这面镜子里折射出来的是社会和历史。
　　人一旦走出家门,融入社会,就成了社会的一分子。从某种意义上讲,人的服装意识,也就是人的社会意识。

　　人们从社会中懂得了用服饰来表达自己的心愿和感情。一个人可以从服饰了解一个社会,社会也可以从服饰认识一个人。
　　就服饰而言:和谐比奇特重要,自然比名贵重要,流畅比新颖重要。

　　一种新款式服装的出现,不但需要智慧,而且需要勇气。
　　1964 年,年轻的英国服装设计师玛丽·克万特发明了超短裙,这对素来比较正统的英国时装界不啻是一次严重挑战。1965 年春,法国服装师安德莱·库莱究也发明了裙长在膝盖以上五公分的超短裙,这在有着悠久传统的专为上流社会服务的巴黎高级时装界看来,简直是大逆不道,到处是一片反对之声。不过,这都没有阻止住超短裙的流行。

在那些脱颖而出的服装设计师骨子里边,似乎有一种共同的东西:我行我素。

人类所有服饰的灵感都来自于大自然,又回归于大自然。当然,这种回归已是一种浓缩,一种超越,一种升华。

一个气质优雅的女人,即使她佩戴一枚假首饰,人们也容易误以为是真的;一个举止庸俗的女人,即使穿金戴银,人们也容易误以为都是些冒牌货。

气质是金。

在穿着服饰上,懂得 TPO 原则是重要的,掌握这条原则可以避免不合时宜或闹出笑话。TPO 是由英文 Time(时间)、Place(地点)、Object(目的)三个单词的第一个字母组成的。

这是一条国际上公认的原则。

虚 荣

从近处看,虚荣仿佛是一种聪明;从长远看,虚荣实际是一种
愚蠢。

虚荣的人不一定少机敏,却一定缺远见。

虚荣的女人是金钱的俘虏,虚荣的男人是权力的俘虏。

太强的虚荣心,使男人变得虚伪,使女人变得堕落。

古语云:"上士忘名,中士立名,下士窃名。"

虚荣,也是一种"窃"。

虚荣者,容易轻浮;轻浮者,容易受骗;受骗者,容易受伤;受伤
者,容易沉沦。

许多沉沦,始于虚荣。

虚荣,很像是一个绮丽的梦。

当你在梦中的时候,仿佛拥有了许多,当梦醒来的时候,你会发
现原来什么也没有。

如此,与其去拥抱一个空空的梦,还不如去把握一点实实在在的
东西。

虚荣者常有小狡黠,却缺乏大智慧,更没有那种所罗门式的
智慧。

这种情况屡见不鲜：虚荣的男人成了虚荣的女人的"钱袋"；虚荣的女人成了虚荣的男人的"门面"。

在两个互相利用的虚荣者中间，什么都可能有 唯独没有真诚。

不要把名利看得太重，把名利看得太重很容易去拼命钻营。这样，得到名利时会失去品格，得不到名利时会变得痛苦。有这样一句话说得极是："宠辱不惊，看庭前花开花落；去留无意，望天上云卷云舒。"

失 恋

失恋,首先是一种幸运,其次才是不幸。

失恋,证明你真正爱过了,如果没有真正爱过,也就无所谓失恋。要知道,在这个世界上,一辈子也没有真正爱过的人大有人在。同这些人相比,在人生旅途上你已经赢得了值得羡慕的重要一分,尽管后来失去了,那也不过比分是零。但是,你的人生已由此变得丰富,感情已由此变得深沉,气质已由此变得成熟。

你以痛苦为代价,已收获了一笔宝贵的财富。

恋爱是一次已经完成的选择,失恋面对的是即将而来的重新选择。恋爱是对一个人的选择,失恋是对一些人的选择。只要在已经相识或将要相识的人中,有一个能与你彼此心心相印的人,你就可以回过头去对岁月说:谢谢,我庆幸那次失恋。

真的,别那么悲伤,或许那个真正能够使你幸福的人,正在不远的前边等你。

失恋的痛楚源于对往事的沉湎和精神上的一时无所适从。如此,减轻失恋痛苦的方法可以是进行一次短途或长途的旅游。大自然有一种神奇的魅力,她的博大和美丽,可以帮助你从对往事的沉湎中或多或少地解脱出来,可以稀释和淡化你的忧郁;你也可以做自己平时最喜欢做的事,使精神有所寄托。在这个时候,匆匆忙忙再进行一次恋爱,多半是不理智的,由于你急切寻求精神上的安慰和寄托,很容易接受一份在冷静的时候并不乐意接受的感情馈赠。

失恋并不完全是一件坏事。对于作家,它可能会是一部催人泪下的小说;对于诗人,它可能是一些缠绵悱恻的诗篇;对于画家,它可能是一幅真挚深沉的绘画;对于普通人,它可能是一个值得反复咀嚼的忧郁而美丽的深长回忆。

付出了不一定能够得到,无论在什么事情上,你都要有这样的思想准备。这样,得到了是一份欣喜,没有得到,也不至于耿耿难眠,在感情上尤其是如此。

得到了也有可能失去,无论你得到了什么,都不妨时常这样提醒自己。这样,得到的时候会倍加珍惜,失去的时候也不至于无所适从,在爱情上尤其是如此。

态　度

我不需要你告诉我应该做什么,我只需要你告诉我应该怎样做。

用恶语伤人,这是一种人的嗜好。这种人往往还乐此不疲,如果与之理论,岂非投其所好?

我欣赏你,我便会肯定你;我不欣赏你,我却不会否定你。
每一朵花,都有它自己的香味;每一棵树,都有它自己的价值。

我觉得,一个人成名之后,不应为名所累。他既不要狂妄,也不要谨小慎微维护自己的形象,他应该还是他自己,不断地开拓。如果一个人惧怕失败,那他就再也难以发展了。
我欣赏的态度是:像普通人那样当名人,像名人那样当普通人。
违心的夸奖别人我做不出来,说有损别人的话非我所愿,于是,我干脆缄默不言。
同为孤独,给人的感觉却可以截然不同。有的人的孤独让人怜悯,有的人的孤独让人钦敬。我喜欢海明威《老人与海》中那个孤独的老渔人桑提亚哥的形象,他的孤独,表现了人类的力量。

诅咒一个善良的人,证明了诅咒者的恶;诅咒一个恶的人,证明了诅咒者的无奈。

在感情上，我不怕自己扮演一个追求者的角色，却有点害怕成为一个被追求者的角色。因为弄不好，会生出一种猫捉老鼠的感觉。

我注意的往往不是别人对我的态度好不好，而是别人的内心对我好不好。换句话说，我看重的是内容，而不是形式。

说 爱

人在困厄的时候,最容易接受别人的爱,也很容易拿一颗破碎的心去爱别人,但是当情形好转以后,他,更多的是她,很快就会发现,别人是在真爱,自己却不是。于是,新的困厄便产生了。

人在困厄的时候,需要提醒自己注意的是:不要为了摆脱眼前的困厄,又人为地制造了将来的困厄。

即便在爱中,也要保持人格的独立,但独立不是自私;既然在爱中,就要学会迁就对方,迁就却不是一味顺从。

在爱情中,一个自私的人,体验不到爱别人的乐趣;而一个只知顺从的人,将很容易失去对方的爱。

表面上并不般配的爱情,往往和谐,因为产生这样的爱情,往往有比较深刻的内在原因;表面上般配的爱情,往往并不和谐,因为产生这样的爱情的原因,仅仅是因为般配。

在爱情上,经常是愈想得到则愈难以得到,愈怕失去则愈容易失去。

因此,学会把握自己是十分重要的。对自己的感情不加约束,放任自流,结果往往适得其反。

恋爱的时候,不妨多回味过去;失恋的时候,不妨多憧憬未来。

轻易得到的,也容易轻易失去。

因此，在爱情遇到困难和挫折的时候，你不要因此而沮丧。或许正是这些艰辛的经历，才奠定了爱情的久远和淳美。

不论是男人还是女人，常常容易产生这山望着那山高的感觉，可是真的到了"那山"才发觉还是"这山"高。

为了不使自己追悔，对待爱情一定要慎重。

贫 穷

贫穷是不值得赞美的,值得赞美的是俭朴。俭朴是一种甘于淡泊的行为,贫穷则是一种无奈的处境。两者在精神状态上是根本不同的。

贫穷限制人的自由,却不剥夺人的自由。聪明人会通过正当的努力减少这种限制。蠢人则冒被根本剥夺自由的风险试图解除这种限制。

一个贫穷的人,若同时又是一个十分虚荣的人就比较麻烦了。这样的人往往不甘于通过一步一个脚印的努力去改变贫穷的处境,而是拿青春或者生命去赌。赌赢了,他的虚荣心会得到某种程度的满足。赌输了,输掉的可能不仅是机会,而且还有青春或者生命。

对于相当多的人来说,他的向往富裕,不是因为厌恶清贫,而是因为他们向往得到人们承认、尊重,甚至是羡慕。这些是目的,致富只是达到目的的手段。

贫穷可治吗? 试看清朝陆长春《香饮楼宾谈》中的一段叙述:清代名医叶天士一次外出,有一乡人请求看病。乡人说,您是名医,疑难病症自然了解得很清楚,我所要医治的是贫病,你能医治吗? 叶天士回答说,贫病我也能医,晚上你来拿药方吧。晚上乡人如约而至,叶天士要他捡城中橄榄核种植。乡人照办。不久橄榄苗长势很好,乡人跑来告诉叶天士。叶天士说，即日有来买橄榄苗的，不要便宜出售。第二天起，叶天士所开药方药引均用橄榄苗，病人争相求购，乡人大发。这则故事虽短，却提供了脱贫致富的一种成功的思路或步骤：虚心咨询、独辟蹊径、把握市场、辛勤耕耘。今天读来，仍有教益。

看到别人大富大贵，对于某些贫穷的人来说，可以聊以自慰的是贫穷之人能活得平安。贫穷之人不用雇保镖，不但是雇不起，更是没必要。

崇 拜

　　有一种人,只会崇拜别人;有一种人,只会崇拜自己。只会崇拜别人的人,多是一些资质平凡而又不乏自知的人。只会崇拜自己的人,有两种情形:一是因为太卓绝,一是因为太狂妄。这个世界太卓绝的人不多,太狂妄的人不少。因此,只崇拜自己的人,多是一些稍有技艺,却又不知天高地厚的人。

　　如果我们把被崇拜者当作榜样,我们可能受益。如果我们把被崇拜者奉为圭臬,我们可能遭灾。

　　崇拜往往能唤起人类巨大的热情,但崇拜不应该是出于一种从众心理的盲目行为。

　　崇拜能非常清楚地证明两种东西,对于被崇拜者来说,能证明他有多大的存在价值;对于崇拜者来说,能证明他有什么样的鉴赏力。

　　崇拜一个根本不值得崇拜的人,这不是出于愚弄,就是出于天真。

　　崇拜,是人生的一种动力。

　　这个时代不是不需要崇拜,不需要的只是崇拜的盲目。既崇拜那些值得崇拜的人,诸如真正优秀的科学家、艺术家、教育家、文学家和政治家,又不因崇拜而轻视自己,这可以说是一种崇拜的美好和适度。

人们往往崇拜自己不熟悉的人和远离自己的人,因为这会有一种神秘感,而神秘感一旦消失,崇拜的情绪就可能淡化。

据说,耶稣在外游历了很长时间以后,返回家乡布道。起初,人们为他的学问和智慧所叹服,当大家仔细一瞧,发现眼前这个口若悬河的人,原来不过是本地一个木匠的儿子,诚服钦敬之心顿减,立即变得不太恭敬起来。

耶稣还是刚才的耶稣,乡邻却已不是刚才的乡邻了。

深 沉

一个人如果内心不浮躁,他外表自然就比较深沉,那些在外表上故作深沉的人,恰恰是些内心浮躁得不行的人。

我希望在深沉的人群中,我是轻松的;我希望在轻松的人群中,我是深沉的。

不要刻意去模仿深沉。

如果你是一塘清水,只要秀丽就行,因为你的秀丽是海洋的浩渺不能取代的。

浩渺有一种博大的美,秀丽有一种灵秀的美。

不要妄自尊大,不要妄自菲薄。

我不在乎别人评价我是否够深沉,我只希望我活得自然。

如果有人不觉得故作深沉很累的话,我倒是情愿让出我那不多的深沉。

同池塘相比,湖泊是深沉的,同湖泊相比,海洋是深沉的。

有一些人,连一洼池塘都谈不上,却非要整天一副大海般浩瀚的模样,这不是很滑稽吗?

没有深刻,也就没有深沉。有谁见过浅薄的真正意义上的深沉吗?

巴尔扎克是深沉的,贝多芬是深沉的,罗素也是深沉的,他们的深沉已熔铸于他们深刻的作品之中。

这个世界，真正深刻的人不多，故作深沉的人却不少，这究竟是怎么回事？

对于那些特别喜欢故作深沉的人，我想告诉他一句话：我这人胆小，请别这么吓唬我好吗？

肤浅的人，想深沉却无法深沉；深沉的人，想轻松也不能轻松。

他们都是痛苦的。

前者以苦为荣，后者以苦为乐。

我坐在屋内读书，听见了窗外的蝉鸣，蝉儿并不深沉，但它却是快乐的。

浅　薄

从浅薄到深刻需要一个过程,这既是一个学习的过程,更是一个实践和思考的过程。这里不妨套用前苏联作家西蒙诺夫的一部长篇小说的名字:《军人不是天生的》。

如果你想证明自己不浅薄,最好的方法不是夸夸其谈或故作深刻,而是有所建树,因为不论在哪一个领域要有所建树,都需要知识或经验,需要真才实学。

《论语·八佾》中道:"子入太庙,每事问。或曰:'孰谓陬人之子知礼乎? 入太庙,每事问。'子闻之,曰'是礼也'。"从上面的情形我们可以看出,不真正了解或懂得一个人,会得出这个人浅薄、不知礼的印象。当然,也可能会得出相反的印象。随便轻率地下结论,这本身也可说是浅薄的一种表现。

常议论别人浅薄的人,意在表明自己深刻,而一个深刻的人,是不会常去说别人浅薄的。由此,反证出常议论别人浅薄的人与深刻无缘,倒与浅薄结缘了。

就文学作品而言,浅显不是浅薄,浅薄往往并不浅显。

纵观中外文学历史,名小说、名诗歌、名散文,大都是浅显易懂,并不拒人于千里之外的。倒是一些貌似深奥和晦涩的东西从骨子里透出了浅薄和一副小家子气,它在当时引不起人的兴趣,在后世则更被人遗忘。

浅薄的人在行动上常表现为张狂,在理论上常表现为轻狂,在追名逐利上常表现为疯狂。

没有多少自己的见解和建树,却又睥睨一切,自以为是,这是浅薄的一种经常表现。

浅薄并不很可悲,如果知道自己浅薄的话。可悲的是本身浅薄,还以为自己特别深刻。

美与爱情

在人的生命中，最宝贵的莫过于自由，最璀璨的莫过于事业，最美丽的莫过于爱情。

爱情使男人变得坚强，使女人变得温柔，使生命变得光彩照人。

爱情的无言，仿佛是湖水的涟漪，无声，却漾着情感的波纹；爱情的低语，仿佛是绵绵的雨丝，在沙沙声里，滋润着心灵的土地。

感伤不是一种美好的情感，因为它太容易使人陷入迷惘或消沉。但大凡在爱情上常常感伤的女子，不是有一张太美丽的脸，就是有一颗太美丽的心。

于是，感伤在我们眼里似乎也有了一种忧郁的美。

奥斯汀说："没有爱情，可千万不要结婚。"她这一句话，仿佛是喊出来的，她或许觉得，与其种一棵缺枝少叶、病病歪歪、让人看了心酸的树，不如干脆不种。

爱情有一种无声的力量，它可以使疲沓变得利索，吝啬变得慷慨，委顿变得昂扬。

即便是一首最伟大的爱情诗，给予人的心灵的震动也抵不上发生一次最平凡的爱情。爱情甚至可以再造一个人的灵魂。如果人类都以爱情的方式生活,那么这个世界无疑会变得更可爱,更美好。

内容贫乏的爱情,会使平庸者更加平庸;内容充盈的爱情,会使卓越者更加卓越。

爱情有层次吗?有的。

我们从生活中失去多少,爱情就给我们弥补多少,可以说,这就是高层次的爱情;我们从生活中得到多少,爱情就使我们失去多少,可以说,这就是一种低层次的爱情。

爱情的美丽,总是让我们不由想笑,可是最美丽的爱情,常常使我们流下一掬清泪……

完 美

世界上没有绝对完美的人，也没有绝对完美的艺术品。因此，善于发现和欣赏别人的优点，便是一种聪明，它对提高自己有利。

过于追求完美，常常会束缚自己，结果还不如一般人生活得美好。

我们渴望生活完美，实际上生活并不能尽善尽美。不但普通老百姓是这样，即便贵为君王，他们的生活也不会是完美无缺的。把梦幻带到现实生活中的人，经常会感到失望和沮丧。

过于完美的人或事物，常常都是人们想象的，实际上并不如此，甚至完全相反。法国喜剧大师莫里哀的讽刺喜剧《伪君子》中的富商奥尔恭，受了愚弄，把伪君子答尔丢夫当成完善的"道德君子"来供奉。其实，正是这个答尔丢夫在盘算着怎样夺取奥尔恭的财产、霸占他的妻子呢。

不要说人做不到尽善尽美，就是上帝也做不到。如果全能的上帝是尽善尽美的，世界上怎么会有这么多不公平的事？

我们的古人都懂得"水至清则无鱼，人至察则无徒"的道理。可是，今天生活中有些人却总是对别人求全责备，或攻其一点，不及其余。这不是显得太没风度和太不明事理了吗？

所谓尽善尽美，就是不能再改进和发展了。世界上有什么东西是真的已好到了尽头，无法再改进和发展了呢？

追求完美，实际上就是追求好一点，再好一点，仅此而已。完美是永远也追求不到的。因此，人才需要永远地追求。

宽　容

在生活中，一个人不能够不懂得宽容，也不能一味地宽容。一个不懂宽容的人，将失去别人的尊重；一个一味地宽容的人，将失去自己的尊严。

宽容与刻薄相比，我选择宽容。因为宽容失去的只是过去，刻薄失去的却是将来。

对待别人的宽容，我们应该知道自惭；我们宽容地对待别人，应该知道自律。

宽容是长者式的，刻薄是小人式的。让一颗宽容的心变得刻薄不容易，让一颗刻薄的心变得宽容更难。

宽容者让别人愉悦，自己也快乐；刻薄者让别人痛苦，自己也难受。

宽容产生宽容，刻薄产生刻薄，人与人之间的一般情形，大抵如此。由此，宽容不但表现为一种胸怀，也表现为一种睿智；刻薄不但表现为一种狭隘，也表现为一种短视。

宽容者可敬，刻薄者可畏，但这都不失为一种性格。

人生有一种悲哀——无性格。

我想,对于朋友,除了背叛,没有什么过失是不可以宽容的。

有一种人说:我可以宽容所有的人,唯独不宽容你。

另有一种人说:我只宽容你,其余所有人都不宽容。

实际上真的发生了什么,前者并不能宽容"所有的人",后者连"你"也不宽容。

如果别人已不宽容,就不要去使劲儿乞求宽容,乞求得来的宽容,从来不是真正的宽容。

如果你想宽容别人,就不要等到别人来乞求,记住一句老话:"给"永远比"要"更令人愉快。

高 雅

高雅与高贵不同。以为高贵的便是高雅的,这实在是一种误解。其实,高贵的未必都高雅,高雅的也未必都高贵。

薛蟠高贵却不高雅,罗丹高雅却不高贵。

凡是高雅的,也是容易被亵渎的,这就如同凡是圣洁的,也是容易被玷污的一样。

如果不能高雅,自然就成;如果不能深邃,朴素就成;如果不能成功,尽力就成。

高雅的艺术并非完全不能与通俗的艺术抗衡。问题在于:当一些人自诩高雅的时候,又远不是毕加索或茨威格。

谁也不能一下子使自己变得高雅,这需要慢慢来。急于把自己装扮得很高雅,不但成不了高雅,连能否恢复到原来的自然和普通都成问题。

友人告诉我这样一个故事:一个普通的女人应聘教师职务,校长问她为什么当老师,她回答说:"小时候我曾有过一个梦想,那就是我要成为一个伟人。后来这个梦想没有实现。于是我又有了一个新的梦想,那就是我要成为伟人的妻子,然而这个梦想也破灭了。现在,我产生了第三个梦想，那就是我要做伟人的老师。"她当即被录取了。

这个女人的回答，真是一种平凡的回答，而这样的平凡又真是一种艺术，而这样的艺术又确是一种高雅。

平凡与高雅，谁能时时说得清？

高雅，可以成为一种托词。

当一件艺术品因没有人青睐而令主人感到难堪的时候，他就可以解释说这是因为高雅。做这样解释的人，数也数不清。只是天晓得，世界上哪来那么多高雅的艺术品和伟大的艺术家。

高雅不是一种包装，而是一种内涵。经常出入于音乐包厢或高级社交场所，并不能使一个暴发户高雅。

有人一夜就能成为暴发户，而要学会高雅，几十年都未必能够。

教　育

　　自然给予我们空气和土壤,教育则是绿化,是为了使这片土壤蔚然成林。

　　教育的伟大不仅在于培养了人才,而且还在于防范了犯罪。

　　一般说来,学校的大门开得愈大,监狱的大门便变得愈小,如果不是这样,则必是教育的失误。

　　溺爱也是一种教育,一种培训蠢材和犯罪的教育。

　　中国宋代有个"程门立雪"的故事。它告诉了我们什么是渴求受到教育的至诚,什么又是唤起这种至诚的"至深"。

　　"说教"是一种不高明的教育,在受教育者心中排斥的感觉会远远大于接受。

　　这样,教育者不但达不到教育的目的,而且还会损害自身形象。

　　教育,从来不是件一厢情愿的事。

　　教育者在传播,受教育者在思考,教育者只有手握真理才能够所向披靡。否则,他常会感觉举步维艰。

　　教育是一种伟大的开发。

　　什么是教育者的成功? 一个教育者,他教过的学生超过他的愈多,愈表明他的成功。

高明的教师启迪学生思考,平庸的教师限制学生思考。

只要能够激发起学生思考和竞争的意识,教师就能够省很多事,做到事半而功倍。

环境,也是一种潜移默化的教育。孟母三迁,孟母是非常明晓环境的重要教化作用的。

环境不是一种孤立的现象。如此,教育便不仅是一个人的事,而且是大家的事;不仅是学校的事,而且是社会的事了。

我喜欢出发

我喜欢出发。

凡是到达了的地方，都属于昨天。哪怕那山再青，那水再秀，那风再温柔。太深的流连便成了一种羁绊，绊住的不仅有双脚，还有未来。

怎么能不喜欢出发呢？没见过大山的巍峨，真是遗憾；见了大山的巍峨没见过大海的浩瀚，仍然遗憾；见了大海的浩瀚没见过大漠的广袤，依旧遗憾；见了大漠的广袤没见过森林的神秘，还是遗憾。世界上有不绝的风景，我有不老的心情。

我自然知道，大山有坎坷，大海有浪涛，大漠有风沙，森林有猛兽。即便这样，我依然喜欢。

打破生活的平静便是另一番景致，一种属于年轻的景致。真庆幸，我还没有老。即便真老了又怎么样，不是有句话叫老当益壮吗？

于是，我还想从大山那里学习深刻，我还想从大海那里学习勇敢，我还想从大漠那里学习沉着，我还想从森林那里学习机敏。我想学着品味一种缤纷的人生。

人能走多远？这话不是要问两脚而是要问志向；人能攀多高？这事不是要问双手而是要问意志。于是，我想用青春的热血给自己树起一个高远的目标——不仅是为了争取一种光荣，更是为了追求一种境界。目标实现了，便是光荣；目标实现不了，人生也会因这一路风雨跋涉变得丰富而充实。在我看来，这就是不虚此生。

是的，我喜欢出发，愿你也喜欢。

友情是相知

友情是相知。当你需要的时候，你还没有讲，友人已默默来到你的身边。他的眼睛和心都能读懂你，更会用手挽起你单薄的臂弯。因为有友情，在这个世界上你不会感到孤单。

当然，一个人也可以傲视苦难，在天地间挺立卓然。但是我们不得不承认，面对艰险与艰难，一个人的意志可以很坚强，但办法有限，力量也会有限。于是，友情像阳光，拂照你

如拂照乍暖还寒时风中的花瓣。

友情常在顺境中结成，在逆境中经受考验，在岁月之河中流淌伸延。

有的朋友只能交一时，有的朋友可以交永远。交一时的朋友可能是终结于一场误会，对曾有过的误会不必埋怨，只需说声再见。交永远的朋友用不着发什么誓言，当穿过光阴的隧道之后，那一份真挚与执着，已足以感地动天。

挚友不必太多，人生得一知己足矣，何况有不止一个心灵上的伙伴？朋友可以很多，只要我们有一个共同的追求与心愿。

友情不受限制，它可以在长幼之间、同性之间、异性之间，甚至是异域之间。山隔不断，水隔不断，不是缠绵也浪漫。

只是相思情太浓，仅是相识意太淡，友情是相知，味甘境又远。

黄昏里的琴声

那一把小提琴在黄昏里忧郁了很久,我的思绪在那一片感伤的氛围中驻足停留,不是为了聆听那没有情节的故事,因为那样的故事你我都有。

我是感叹音乐把忧郁也装饰得如此美丽,使人欲想责备命运却说不出口。风飘向阳台吹向后门,携着婉转的旋律在洒满宁静的屋中缓缓地流。

茉莉花开如满天星斗,为了这份温馨不知经历了多少无言的等候。见得花开却见不得花落,可是惧怕花落又岂是不栽花的理由?能让琴声如此忧郁的那一份感情便是茉莉花吧,花开使人喜花落使人愁。

窗外白杨树的叶片绿油油,在树下对弈的老人是否也像年轻人唱的那样跟着感觉走?虽然已经过了做梦的年龄可还是能抓住梦的手,在身边观棋不时喳喳呼呼的小孙子便是老人梦的尽头。老人们完全遗忘了琴声,因为此时一个已被将军,另一个正半合着眼捋着花白胡子乐悠悠。哦,老人家:您老年轻的时候可也有琴声里的烦忧?

不远处丁香树旁,一个小姑娘正坐在小板凳上认真读着自己的未来。站在岁月甲板上的小姑娘,你看见了什么?是小岛是帆影是白鸥……

那一把小提琴在黄昏里忧郁了很久,我的思绪在那一片感伤的氛围中驻足停留。我欣赏那能够把痛苦也变得美丽的人,因为我还相信,在那一阵凄婉的旋律流淌之后,那位熟悉又陌生的小提琴手,一定会重新缓缓抬起曾经那样深低下的头。

有那么一个日子

有那么一个日子你我都记得很清,柳叶用鹅黄拍打青春的湖面,薄雾用手拍打心灵的窗棂。我们携手走上了一条弯弯的小径,山峦绿葱葱。山上的古亭装着八面的风,山下的游人是否已忘情? 在高高的山顶我们望啊望,望白云悠悠小鸟声声。虽然青春与春天不是千载难逢,却又怎么忘得了这样一个日子? 我们为大山的雄伟而感动,为生命的灿烂而感动。

有那么一个日子你我都记得很清,小船用双手拨开了层层碧波晶莹,我在船中你在船尾,水中的鱼儿哗啦跳进了船里,引来我们阵阵快乐的笑声。想把活蹦乱跳的鱼儿拍下来却忘了取下镜头盖,那胶片上的空白可是夏日的嘲笑,嘲笑我们太年轻。

有那么一个日子你我都记得很清,小雨淅淅沥沥洒在我的脸庞上,而你那尼龙小伞上的水珠滴滴答答落个不停。雨水不停,脚步不停,我们就这样不停地走在闪闪发亮的路面上,身后是一片渐远的迷蒙。

有那么一个日子你我都记得很清,在站台上我为你送行,南去的列车挟走了你也挟走了我的表情,把一路祝福送给你却没留下什么给自己,回去的路上满脚都是泥泞。

有那么一个日子你我都记得很清,我们终于准备结束一个梦开始一个现实。我们是彼此的钥匙和锁,我们在一起才有意义,不论在什么地方我们同行。

走出喧嚣

真喜欢走出喧嚣,把摩肩接踵的街市和纷乱嘈杂的声浪都弃诸脑后抛到九霄。

真喜欢这山一弯,水一道,小河上的鸭子静静地漂。

真喜欢此刻这一片紫竹只属于我,这一把吉他只属于我,听脚下河水不停地流,像一首绵长而又动人的歌谣。

别问我此刻想些什么。应该告诉你的我不说你也已经知道;别问我此刻憧憬些什么,你知道的,我所钟情的只是很平凡的菡萏与萱草。

走出喧嚣,到处都是好景致,春有小雨似画图,冬有大雪如鹅毛,更有雨中和雪中的记忆如贝雕。

走出喧嚣,别让繁花迷乱了眼,两个小钱累弯了腰。男儿当与青山比雄奇,女儿当与绿水赛妖娆。

走出喧嚣,时光从腕上悄悄滑过,鸟儿从空中掠过落在了黄昏的树梢。那钓鱼人在河边钓的是鱼,我在河边钓的是景致,他收获了一分喜悦,我收获了十分美妙。

往事如昨

往事如昨。昨夜的星辰已坠落,不坠的是挂在岁月脖子上那串闪闪烁烁的记忆。仔细品味,那最亮的一颗竟是由痛苦磨砺而成,那最润泽的一颗则是因了爱情春风化雨般的浸润。如果说那串闪烁的记忆是一笔财富,那么,那些难以忘怀的经历则是这笔财富闪着不同光泽的内容。

在如昨的往事中,重要的并不在于得到过或失去过,重要的在于经历过。因为哭过,笑才灿烂;因为爱过,回忆才斑斓。如果说心像湖水,那么夏也是景致,冬也是景致。但不论表面上是碧波荡漾还是如镜寒彻,那湖的深处都不曾结冰。

过去的岁月总也不能忘怀,不能忘怀是因为我们自己走过来。纵使那脚步稚嫩,回首也感到亲切,因为那是真实;纵使走过的路上并没有鲜花开放,回想也感到留恋,因为那上面覆盖着自己生命的步履。

回首往事而又不沉湎往事,使我不仅有所感而且有所悟。既羡"青山遮不住,毕竟东流去",又何必总感伤"泪眼问花花不语,乱红飞过秋千去"?

往事如昨。当我怀着一种难以言状的心情捡拾起往事的片片落叶时,我发现自己真的长大了。

头上是片湛蓝的天

当我握住岁月和你的手，便再也无悔无怨。生命的渴望说来纷繁却也简单，就像一只飞翔了很久的鸽子，希冀着一片青色的屋檐。

你可知道，我曾无数次感慨：认识你真是一生的幸运，哪怕我们只曾拥有过一个夏天。对一个夏天的回忆，也足以让不息的流水汗颜。

只是分别有时又是那样难免，当我离去的时候，请不要让你的表情成为阻隔我远行的浩瀚水面。让我们的日子在等待中度过吧，等待熟悉又生疏的你我，在璀璨的星空中再一次重现。

不必说出来，我知道你有一个深深的心愿，让她在祷告中渐渐长大吧，美丽得就像月色里荷塘中微风吹拂着的睡莲。

我也有很多感觉要告诉你，那感觉就像群山那样安谧却又起伏连绵。不要以为，当我没有注视你，便是心中对你没有挂牵，就像不要以为河水一直流向远方，就表明对两岸没有眷恋。

我在憧憬中建造着一排栅栏，是为了把喧嚣挡在外边，那里是一片狭小又辽阔的天地，狭小，是因为只能容下我们两个人；辽阔，是因为头上是片湛蓝的天。

走出孤独

有一种喜欢孤独的人，是因内心充盈。他不需要与人为伴、交流、与人出游，便能生活得自在、洒脱而有质量。他的生存方式是孤独的，而他的内心并不孤独。

还有一种孤独的人，是因为生活中曾受到伤害。他需要一个安静的地方，舔自己的伤口。当伤口愈合了以后，为了避免再受伤害，或者触碰到旧日的伤疤，便将自己封闭起来，走向了孤独。他的生存方式是孤独的，内心也是孤独的。

这些人的心，仿佛是潮湿了的柴火，需要友情或爱情的火烘干、点燃。否则，时间长了容易发生霉变。

我曾经在海边小住过一段时间，见过各色各样的石屋。那有人居住、有人管理、有人修葺的房屋总是那么充满生机与活力，显得整洁而明朗。

而那常年房门紧锁、缺乏修缮的房屋则显得冷清而凋敝，仿佛一个在深山里修行的无人注意的木讷僧人。

一个人要走出孤独，需要别人的力量，更需要自己的力量，这就是你得敞开窗扉，接受风的吹拂、雨的滋润、阳光的照耀。

如果说个人的存在，仿佛一幢幢不同的房屋耸立在大地之上，那么我希望你漂亮、大方、容光焕发。

在海边，这便是一处诱人的景色。

早点回家

　　每到天冷了,胡同口就来了个卖烤红薯的老头。老人穿着件老式黑棉袄,脸上一道道挺深的皱纹刻着岁月的沧桑,下巴上的胡子长得有点像用秃了的牙刷。老人烤的红薯很香,打老远就能闻到,不时有放学的学生和买盐打醋回来路过这儿的大娘称上一个两个。老人像个恪尽职守的士兵,差不多每天都是天黑了很久,才借着昏黄的路灯收拾家伙打道回府,即使下雪天也是如此。

　　有一对年轻的恋人,是这儿的老主顾。每一次路过这里,那个长着一双漂亮的丹凤眼的姑娘都会跑过来拣上两个最大的红薯叫老人称。

　　"大爷,您烤的红薯真香。"姑娘一边搓着双手一边说。

　　"只要喜欢吃就常来,姑娘。"老人乐了。

　　"大爷,每次路过您这儿我都来。"姑娘的声音很清脆、很好听,像柔和的手指弹着夜的琴弦。

　　一次路上,她的恋人对她说:"真没想到,你这么喜欢吃红薯,老这么吃也不腻?"

　　"哪儿呀,我是想让那位大爷早点回家。"姑娘笑了,笑声敲打着夜空。

买　书

　　世界上的书籍浩如烟海,买书、读书免不了要加以选择。对于千百年来已成定论的那些书籍,想买时便没有什么犹豫,买回来后翻开,亦很少生出悔意。经过千百年岁月的淘洗,仍为人们珍爱的书籍,大体是珍宝无疑。

　　对于近当代作家的作品则不尽然。名不见经传者的作品,亦有读了如品香茗的;名字如雷贯耳的作家的作品,亦有读了兴味索然的。何以如此? 想来想去,发现人们对于近当代作家作品的评价有一种不成文的规律:对于死人的作品要比对活人的作品宽容,对于老者的作品要比对年轻人的作品宽容,对于外国人的作品要比对本国人的作品宽容,对于职位高的人的作品要比对职位低的人的作品宽容。所谓"为尊者讳""外来的和尚好念经""尊老爱幼"这些观念和意识,在相当大程度上左右着对人和作品的评价。因此,对于书籍的评价也就很难称得上都客观、公正。

　　因此,凡买近当代作家作品,不看名气,只按自己曾读过某位作家的作品后对其的印象来决定取舍。在书店,曾对着不少名家的作品视若无睹,不去问津,也有某一作家的同一部书竟买了两本的。例如,上海作家叶永烈是我喜欢的一位作家,其著作《历史选择了毛泽东》一书我便买了两本。第一次见到是在一本叫作《新苑》的杂志上,那一期《新苑》一次刊载了该书全文,因还没见到单行本出来,为先睹为快便买了一本,待单行本出来后,又买了一本收藏。当然,叶永烈是名家。

王鼎钧是台湾的一位作家,在大陆知名度不算甚高,偶尔在一本杂志上看到他的几篇短文,觉得颇有味道,便在书店、书摊常常留意,希冀有朝一日买一本他的著作。遗憾的是至今未曾得到。

对于书籍,心里自有一本账。对于大家趋之若鹜的书籍,有时峻拒,有时亦不能免俗;对于不为人们重视的作品,有时轻视,有时亦奉为知己。

总之,用自己的脑子判断,少一点人云亦云。

我最初的文学生涯

一

京广铁路是中国铁路交通中的一条大动脉。从北京往南,途经的大城市有石家庄、郑州、武汉、长沙,最后一站是广州。

我最初的文学生涯同京广线上的三个大城市有着密切的关系,这三个城市就是北京、广州和长沙。

我的处女作是在广州上大学的时候发表的,我的第一首引起读者强烈回响的诗是在长沙《年轻人》杂志发表的。我决心走诗歌创作的道路是由于北京的《青年文摘》转载了我的诗,这次转载,使我意识到了我是有能力写出为读者、特别是青年读者所喜爱的诗歌来的,也就是从那个时候起,我决定定向发展,不再写那些令我感到蹩脚的小说,而专心从事诗歌创作。

或许直到今天,刊发我处女作的《中国青年报》那位叫梁平的编辑,刊发我第一首有影响的诗作的《年轻人》杂志那位叫谢乐健的编辑,以及第一次转载了我的作品的《青年文摘》那位叫秦秀珍的老师都没有意识到,没有这三次机遇,当年一个喜欢写作、名叫汪国真的青年,至今还可能默默无闻,但就在他们的举手投足之间,便成全了一个年轻人未来的事业……

1978 年 10 月,我从北京踏上了南行的列车。就是这次南行,完成了我人生旅途的一个重大转折——我从一个普普通通的年轻人,一跃成为令许多年轻人都羡慕的大学生。

暨南大学位于广州南郊,文革期间曾长期停办,1978 年 10 月,暨南大学迎来了她复办后的第一批大学生。

暨南大学的校园是美丽的,波光潋滟的明湖、郁郁葱葱的桉树组成的林荫道、淡黄色的学生宿舍楼、外形很像蒙古包造型别致的学生饭堂,以及在广东高校中最为漂亮的游泳池,这些都给我留下了深刻而美好的印象。

当时学校的董事长是廖承志,副董事长和董事则有霍英东、王宽诚、费彝民等知名人士,学校的校长是当时担任广东省副省长的杨康华。

一切仿佛在做梦一样,仅仅在半个月前,我还是一个常常被上夜班搞得疲惫不堪的年轻人,而今天当我置身于暨大校园里,望着南国处处一片生机勃勃的绿色,我感到了一种从未有过的清新和轻松。

让一切重新开始吧! 我对自己说。

二

在全国有两所华侨大学:广东的暨南大学和福建泉州的华侨大学。

或许是由于侨校的缘故,学校的校舍在广东的高校中恐怕是最好的,也比较宽敞。本可以住八个人的房间,一般只安排六个,剩下两个铺位,用来放同学们的东西。由于我们系的辅导员余金水是个比较负责和尽职的老师,经常来宿舍检查卫生,因此,整个中文系男女生宿舍的内务都相当整洁。当然,这和房间相对宽松有很大关系。

我们同宿舍的六个同学,三位来自广东地区,另三位中,一位是山东的,一位是福建的,我是北京的。如今,其中一位广东的同学和一位福建的同学都已先后去了澳大利亚。

在我们八二届中文系的男生宿舍中,在我印象里,我们房间是唯一没有住进海外生的房间,其他房间都有海外来的同学穿插其中,这只是一种凑巧罢了。

在我的大学生涯中,我的各科成绩大概要算是中等略微靠上,算不上优秀,但也不至于太落后,就学习成绩来说,我是最不引人注目的。太优秀或太差劲儿,都容易引起同学们的注意。

我最引人注目的恐怕是答卷的速度。每次考试我差不多都是第一个交了考卷背起书包出门的,两堂课的答卷时间,我常常在半小时左右交卷,而且各科皆然。不论在当时还是现在,我都不是一个把分数看得很重的人,但我也不愿太丢面子,这样一种精神状态,决定了我既成不了优秀生也成不了劣等生。

我最大的嗜好就是跑图书馆和阅览室,看我喜欢看的图书和杂志。我不完全清楚整个中文系学生的借阅图书情况,但就我们宿舍来说,我恐怕是借阅图书和杂志最多最勤的一个。这种习惯,一直保持到我大学毕业,分配到中国艺术研究院工作后。

或许在我的许多大学老师和同学眼里,我是一个有个性的学生,却不是个将来能有大成就的学生,因为当时我的表现实在太一般了。

当我的诗歌在读者中引起强烈回响后,我曾在街上先后碰到两位中学同学,他们告诉我,他们都曾和我中学的老师议论过这件事,现在出了名的这个汪国真,是过去咱们班上的那个汪国真吗?

一位同学对老师说:"我觉得就是。"

老师半信半疑地说:"是吗? 他在中学的成绩不错,但也不是特别起眼啊!"

客观地说,我在中学的成绩可以称得上优秀,因为那个时候我倒不是看重分数,而是好胜,这种好胜的心理支配着我取得了远远优于大学时代的成绩。如果中学老师都心有疑问,那么在我刚刚成名的时候,我的大学老师和同学们恐怕也会有这汪国真不是那汪国真的疑惑。

三

我的老师们完全有理由对我今天的成功感到惊讶,只要看看我当初发表出来的作品的水平,就能够明白我当时会给老师们留下一种什么印象。

在我们进入暨南大学不久,系里的同学们自己搞了一份油印刊物《长歌》诗刊。由于这份刊物倾注了同学们的热情和心血,尽管它比公开出售的印刷质量最次的刊物还要差好几个档次,但同学们都很珍视这份刊物,也乐意把自己最得意的作品拿到刊物上发表。当时,我写了一组诗,叫《学校的一天》,这差不多是我当时能够写出来的最好的一组诗,这组诗由五首小诗组成,这五首小诗分别是——晨练:天将晓/同学醒来早/打拳、做操、练长跑/锻炼身体好;早读:东方白/结伴读书来/书声琅琅传天外/壮志在胸怀;听课:讲坛上/人人凝神望/园丁辛勤育栋梁/新苗看茁壮;赛球:篮球场/气氛真紧张/龙腾虎跃传球忙/个个身手强;灯下:星光闪/同学坐桌前/今天灯下细描绘/明朝画一卷。

这组诗的稚嫩、直白和毫无文采可言是显而易见的,即便它出自于一个中学生之手,也谈不上是一组好诗,我今天看到的许多初中生、高中生寄给我的习作,都远比这一组诗强。我万万没有想到的是,这组诗居然能够发表,而且是一下全部发表在全国最有影响的报纸之一《中国青年报》上。

1979 年 4 月 13 日中午,我正在学校饭堂吃饭,系里的同学陈建平兴冲冲地告诉我:"汪国真,你的诗在《中国青年报》发表了。""你别骗我了,我从来没有给中青报投过稿。"陈建平不久前刚在《广州日报》上发表了一首诗,我想这次他大概是拿我打趣呢。"真的,一点不骗你。"陈建平一脸正经,一点开玩笑的意思都没有。"是什么内容的?"我有点半信半疑了,脑海里瞬间闪过种种猜测。"好像是写校园生活的,是由几首小诗组成的。"陈建平说。我开始相信陈建平的话了,我知道自己写了这样一组诗。

当时学校为系里的学生订了几份报纸,男生宿舍订的是《南方日报》,女生宿舍是《中国青年报》,我要看到这张报纸必须得去女生宿舍找。于是,我跑到女生宿舍找到了报纸,匆匆浏览了一下,很快找到了印有我作品的那一版。

"我借去看一下。"在征得了女同学的同意之后,我怀着一种极其兴奋的心情跑出了女生宿舍楼。

"我的作品发表了!"手中拿着那张报纸,我还想对天空喊,对大地喊,对整个世界喊。

我最初的文学生涯便是从这组诗开始的,连我自己也没有想到的是,正是这组诗的作者,在十二年后,在中国大地上掀起了人们称之为"汪国真风潮"的热潮。

创作要目

1990 年

5 月,第一本诗集《年轻的潮》由北京学苑出版社出版;10 月,《年轻的风》由花城出版社出版。

1991 年

6 月,《年轻的思绪——汪国真抒情诗抄》由文化艺术出版社出版;《年轻的季节》由中国人民大学出版社出版。

1997 年

名列北京零点公司的调查"人们所欣赏的当代中国诗人"新中国成立后出生的诗人第一。

2000 年

5 篇散文入选人民教育出版社(以下简称"人教版")出版的全日制普通高级中学《语文》读本第一册。

2001 年

诗歌《旅程》入选人教版的义务教育课程标准实验教科书《语文》七年级上册;散文《雨的随想》入选高等教育出版社出版的中等职业教育国家规划教材《语文》(基础版)第一册。

2002 年

入选中国文联出版社出版的《中国百年书画走红名家》。

2003 年

诗歌《热爱生命》入选语文出版社出版的义务教育课程标准实验教科书《语文》九年级下册;入选中国文联出版社出版的《书画之魂——中国当代书画名家大观》;汪国真作曲的首张音乐(舞曲)专辑《听悟汪国真——幸福的名字叫永远》由中国音乐家音像出版社出版。

2004 年

汪国真作曲的《小学生必修 80 首古诗词曲谱》由民族出版社出版。

2005 年

6 月,《归来,汪国真》由北岳文艺出版社出版;入选国际文化出版公司出版的《中国当代水墨艺术年鉴》。他的书法作品作为中央领导出访的礼品赠送外国领导人。

2006 年

4 月,入选在北京民族文化宫举办的"中国书画名家邀请展"。

2007 年

被美国内申大学聘为客座教授、博士生导师;入选为中国国画家协会理事。诗歌《我不期望回报》入选江苏教育出版社出版的义务教育课程标准实验教科书《语文》六年级上册。

2008 年

被暨南大学聘为兼职教授。4 月,《汪国真诗集:心灵深处的对话》由鹭江出版社出版;5 月,《汪国真经典诗文》由中国画报出版社出版;《我微笑着走向生活》入选河北教育出版社出版的义务教育课程标准实验教科书《语文》五年级上册。完成了为 400 首古诗词谱曲的工作。连续三次获得全国图书"金钥匙"奖。

2009 年

入选中央电视台《我们共同走过》建国 60 周年百名代表人物之一;6 月,应邀担任上海大学生音乐节评委会主席;12 月,唱片专辑《唱着歌儿学古诗·汪国真古诗词歌曲》(40 首)由中国国际广播音像出版社出版。

2010 年

5 月,《汪国真经典代表作 1》《汪国真经典代表作 2》由作家出版社出版;《汪国真音乐作品歌遍中国系列》第一辑(涉县美)由中国国际广播音像出版社出版。

2011 年

1 月,《秋风入弦——汪国真古典诗词集》由群众出版社出版;9 月,《汪国真精选集》由北京燕山出版社出版;10 月,《热爱生命:中外名家经典诗歌》由长江文艺出版社出版;11 月,《汪国真诗书音画》由江苏文艺出版社出版。

2012 年

11 月,《热爱生命:汪国真作品中学生读本》由北方妇女儿童出版社出版。

2013 年

1 月,《我微笑着走向生活:汪国真经典诗文鉴赏》由中国画报出版社出版;6 月,《诗情于此终结:汉英对照汪国真诗选》由清华大学出版社出版。

2014 年

12 月,《汪国真诗精编》由长江文艺出版社出版。

图书在版编目(CIP)数据

汪国真精选集／汪国真著.
－北京:北京燕山出版社,2011.6(2020.8重印)
ISBN 978-7-5402-2707-4

Ⅰ.①汪…　Ⅱ.①汪…　Ⅲ.①散文集-中国-当代②诗集-中国-当代　Ⅳ.①I217.2

中国版本图书馆 CIP 数据核字(2011)第 116489 号

汪国真精选集

汪国真 著
责任编辑／张红梅　王　然
装帧设计／小　贾　张　佳

北京燕山出版社出版发行
北京市丰台区东铁营苇子坑路 138 号嘉城商务中心 C 座　邮编 100079
全国新华书店经销
北京市松源印刷有限公司印刷

开本 850×1168　1/32　印张 9　字数 170,000
2015 年 6 月第 2 版　2020 年 8 月第 14 次印刷

定价:49.80 元